Zaragoza - Tudela
Sept. 2020

Para Mari Fe con todo mi cariño, un sombrero lleno de ilusión y todo mi cariño.

Un beso

[illegible]

NARRATIVA

HISTORIAS DE TRES MUJERES CON SOMBRERO ROJO

RELATOS

PILAR AGUARÓN EZPELETA
MARTA NAVARRO GARCÍA
ANA RIOJA JIMÉNEZ

HUERGA & FIERRO editores

HUERGA Y FIERRO EDITORES, S. L. U.
C/ SEBASTIÁN HERRERA, 9
28012 MADRID (ESPAÑA)
TELÉFONO: 91 467 63 61
E. MAIL: huerga@huergayfierro.com
WEB: www.huergayfierro.com

PRIMERA EDICIÓN
2020

DEPÓSITO LEGAL: M-16427-2020 - I. S. B. N: 978-84-121792-8-6
IMPRESO EN ROMADAC INDUSTRIA DEL LIBRO
IMPRESO EN ESPAÑA

HISTORIAS DE TRES MUJERES CON SOMBRERO ROJO

Primera parte
El almacén de las vidas robadas

Pilar Aguarón Ezpeleta

Zaragoza, 1955. Pintora, escritora. Promotora cultural. Ha hecho ochenta exposiciones entre individuales y colectivas. Ha ilustrado libros y revistas. Ha publicado cinco libros de relatos, cuatro novelas, otros cinco libros con el grupo 3d3, del que fue fundadora. Ha participado en más de una docena de antologías y publica en revistas de narrativa. Es jurado habitual en certámenes literarios y pictóricos, además de prologar y presentar obras literarias.

Dirige la publicación *Cuadernos de Narrativa Palabras Contadas*. Miembro y cofundadora de Asociación Profesional de Artistas Plásticos «Goya». Premio IMÁN 2016, con el que se reconoció su trayectoria profesional y el apoyo y defensa de la Asociación Aragonesa de Escritores (AAE). En la actualidad es Secretaria General de la AAE.

Más información en www.aguaron.net

Con buenos sentimientos solo se hace mala literatura.
PAUL VALÉRY

Mis seis historias tienen que ver con lo que más me conmueve: la doble moral, el paso del tiempo, la muerte y, por encima de cualquier otra cosa, la libertad. El libre albedrío de cada uno para arriesgarse a elegir, a renunciar y a asumir las consecuencias de nuestros actos, en un ejercicio de dignidad individual.

Cinco de los seis relatos están protagonizados por mujeres, que reivindican la fortaleza femenina ante la adversidad. No importa su condición social, su cultura o su origen. Las protagonistas de mis relatos siempre son mujeres fuertes que no se amilanan y que acaban siendo las dueñas de su destino y en mayor medida, también, el de los hombres que las rodean.

PILAR AGUARÓN EZPELETA

Mi hermana Inés

Mi hermana Inés nació fea, muy fea. Mi padre esperaba que fuera un niño, pero llegó Inés. Yo tenía cuatro años y cuando la conocí en brazos de mi madre solo pregunté:

—¿Pero es la nuestra?

Mi madre se puso a llorar y mi abuela me dijo que era por el parto, que se arreglaría pronto. Pero no fue así.

Era tan deslucida que mis padres llegaron a pensar que la niña tendría alguna deficiencia intelectual. Bien al contrario, Inés siempre fue inteligente y despierta. A los diez meses ya caminaba, no había cumplido los tres y ya hablaba con la naturalidad de un niño de seis, a los cuatro ya sabía leer y escribir. Aunque al tiempo que aumentaban sus habilidades lo hacía también su fealdad. Con la cabeza puntiaguda, la barbilla prominente, los ojos saltones y la nariz roma llamaba la atención allí por donde iba. Mamá me decía que yo era una elegida de la fortuna y que debía que dar gracias a la Virgen por haber nacido tan bella, que todo en mi vida sería fácil y que mi hermanita tendría un camino lleno de dificultades. Durante mucho tiempo estuve convencida de que tenía razón y que mi hermana sería siempre una criatura desvalida.

Cuando Inés cumplió cuatro años, papá le regaló un cachorro de pastor alemán. Apenas tenía un mes de vida y el animalillo siempre pensó que Inés era su auténtica madre, ella lo cuidaba, le tapaba con su mantita y le daba leche con un biberón. Pero al cabo de un año el cachorrillo se convirtió en un precioso ejemplar de pelo brillante y cuarenta kilos de peso. Fue su único amigo y su guardián durante la infancia. El animal tenía un sexto sentido para el mal fario, cuando percibía que alguien miraba mal a la niña, gruñía y enseñaba sus afilados colmillos. Era como un detector de las vergüenzas ajenas, sobre todo cuando gruñía a alguien de la familia o incluso cuando, alguna vez, me gruñó a mí.

A Inés la inscribieron en un colegio de religiosas que había en las afueras. Una pequeña escuela con pocos alumnos. Nuestros padres pensaron que allí estaría más protegida de las miradas y los comentarios por su aspecto físico. Era una niña sobresaliente, aunque inadaptada y solitaria. En cada cumpleaños siempre había un idiota que le regalaba el cuento de El patito feo, tenía una colección. Nuestra madre le explicó que casi nunca los patitos acaban convirtiéndose en cisnes, pero que a ella no le hacía falta porque era una preciosa ave del paraíso. La pequeña suspiró, apretó los labios y le dijo:

—Mamá, no te preocupes, ya sé que acabaré siendo un ornitorrinco.

No quiso hacer la Primera Comunión para que no la compararan con las otras niñas, ni conmigo, su hermana mayor, a la que entonces idolatraba. En el colegio insistieron tanto en que debía hacerla, que Inés convenció a nuestros padres y dos semanas antes de la ceremonia fuimos los cuatro a la parroquia, donde solían ir las monjas los domingos por la mañana. Nos pusimos en fila y recibimos la Comunión. Al terminar la misa se acercó al grupo de religiosas y les dijo:

—¡Ya está!

Tenía siete años. Ella era así. Tan especial, tan resolutiva, tan brillante. Mamá la sobreprotegía, consideraba que dónde más segura iba a estar era en casa. Papá, por el contrario, quería que la pequeña saliera, que jugara con los demás niños, sin complejos. La llevaba al cine y al parque para que el perro correteara. Pero Inés no quería relacionarse con los demás niños, no porque estuviera acomplejada, sino porque no los entendía. Era una niña de una inteligencia superdotada, sensible y recelosa del mundo. Se acostumbró a ser observada. Sabía que no era como las demás y sobretodo que nunca sería como su hermana mayor, es decir, que nunca sería como yo.

Sus mejores juguetes fueron los cuadernillos de problemas y acertijos matemáticos, los crucigramas y sobre todo las *Selecciones del Reader's Digest,* una pequeña publicación que llegaba a casa cada mes, repleta de artículos, resúmenes de libros y citas literarias, que ella leía con avidez. A los nueve años tenía una conversación tan fluida como la de un adulto universitario. Siempre fue el ojito derecho de papá y yo creo que solo con él se encontraba a gusto. Mientras yo soñaba con convertirme en princesa, Inés se iba al taller con nuestro padre para aprender cómo funcionaba un motor de combustión o cómo se generaba el ozono. Tenía una curiosidad infinita.

A los diez años la matricularon en el mismo instituto al que yo iba para que hiciera el bachillerato. Ella no quería ir, intentó convencer a nuestros padres para hacerlo por libre, pero papá no cedió, quería la niña que se sociabilizara. Creo que esa fue la única vez en que Inés no consiguió salirse con la suya. Recuerdo el primer día de clase, era septiembre y hacía calor. Íbamos las dos solas camino del instituto y un hombre se nos quedó mirando fijamente y , al pasar junto a él, nos dijo algo que no llegué a entender. Entonces Inés se volvió hacía mí y me dijo alborozada:

—¡Ese hombre no miraba mi cara de pato, miraba tus tetas!

Y así fue. Aquella fue la primera vez que la envidié.

A partir de entonces empecé a padecer la incomodidad de las miradas lascivas y los piropos incómodos. Acababa de cumplir los catorce años, era guapa, espigada y mis senos habían aumentado de volumen durante aquel verano. La verdad es que me había convertido en una adolescente preciosa y presumida. Me gustaba gustar, pero aborrecía tener que aguantar tantas frases soeces, tantos comentarios procaces. Aquellas miradas me violentaban más que los insultos. Las chicas solo teníamos dos calificativos, o éramos frígidas o éramos golfas, no había término medio. Eso era lo normal en los setenta, lo aceptábamos como una consecuencia natural por haber nacido mujer, pero a mi hermana no le pasó nunca, ella creció tranquila y libre de aquel acoso tan incómodo y perturbador.

A pesar de todo, yo soñaba con encontrar a mi príncipe azul, a un hombre que me hiciera feliz para siempre y que me salvara del dolor. Pero no ocurrió. Esa búsqueda obsesiva de la felicidad romántica solo me provocó desengaños y frustración, porque me destrozaron el corazón una y mil veces. Mientras yo lloriqueaba y lamía mis heridas, tumbada en el sofá, Inés me consolaba. Tenía cuatro años menos que yo, pero parecía mi madre. Siempre acertaba con la frase adecuada y el consejo sensato. Me sorprendía que no tuviera necesidad de gustar, ni de enamorarse para ser feliz, hizo de su fealdad un blindaje contra las cosas banales. Desechó de su vida todo lo superfluo y se dedicó a aprender, de todo, de lo que fuera. Nada le era ajeno. Solía decirme que todo lo que se aprende en esta vida, termina sirviendo para algo. Sin embargo yo, solo aspiraba a ser amada. Tardé en darme cuenta de que mi felicidad dependía de la aceptación de los demás, esa fue mi gran equivocación. Mi madre me alentaba, siempre me hizo creer que por mi aspecto físico, por mi belleza, tenía derecho a conseguirlo todo. A duras penas terminé el bachillerato, pero no aprobé la selectividad.

Me coloqué de dependienta en una tienda de moda masculina y allí seguí esperando a que se abriera la puerta y apareciera el soñado príncipe azul. Quise creer que lo había conseguido cuando a los veintiséis años me casé con Juan, un chico de buena familia, guapo, educado y remilgado como yo, al que conocí cuando venía por la tienda a comprarse niquis de *Lacoste* y calcetines a juego. Mis padres estaban felices. Tiraron la casa por la ventana para hacer de mi boda un cuento de hadas. Inés, a regañadientes, consintió en ir a la ceremonia. Mamá le compró un vestido rojo con flores de guipur en la pechera, estaba ridícula. Ella lo sabía, pero lo aguantó como una fastidiosa obligación. Los invitados de la familia de mi marido la miraban y se sorprendían de que esa chica tan fea fuera mi hermana, pero a Inés hacía tiempo que había dejado de importarle lo que los demás pensaran sobre ella.

Era una misántropa feliz, con las ideas muy claras. Su plan en la vida era conseguir un trabajo cómodo y tener tiempo para dedicarse a aprender y a viajar, sin tener que dar explicaciones a nadie. Por eso se licenció en Derecho y aprobó con el número uno las oposiciones para Registradores de la Propiedad. Pudo escoger plaza en cualquier ciudad, en donde hubiese podido ganar hasta diez veces más, pero prefirió quedarse en la nuestra, para seguir jugando con papá al ajedrez y al *scrabble*. Aún le dio tiempo para licenciarse en historia y para aprender, con la fluidez de un nativo, varios idiomas. Todo lo hacía con naturalidad, sin darle importancia. Recorrió el mundo libre y feliz sabiendo que su fealdad la protegía. Jamás tuvo un amante, ni falta que le hizo. Mientras ella era dueña de su vida y de su tiempo, yo me agotaba criando hijos y cuidando de la casa. El romanticismo y la pasión terminaron pronto. Había mañanas en que me despertaba como si me hubiesen robado la vida y estuviese viviendo la de otra, a la que no entendía. Por eso mi obsesión era hacer lo que fuera para evitar envejecer y marchitarme, para seguir siendo aquella jovencita de la que presumía mi madre.

Cuando cumplí los treinta y cinco me sentía muy infeliz dentro de mi cuerpo. Mi lozanía se evaporaba. Mis senos y mi vientre se habían quedado flácidos tras los tres partos. Fue entonces cuando Inés me regaló mis primeras operaciones de cirugía estética. A los cuarenta y pocos le pedí que me pagara la tercera, para quitarme las bolsas de los ojos y las primeras patas de gallo.

—Esto te pasa por haber nacido guapa, yo no necesito operarme de nada —se burló.

Tenía razón.

Y así fue siempre, porque mi hermana pequeña, además de costearme mis operaciones de estética, siempre pagó los colegios de mis hijos, las universidades, los postgrados en el extranjero, nuestras vacaciones e incluso la ropa de lujo que no podía permitirme. Inés era inteligente, valiente y libre, siempre dispuesta a sacarnos de apuros. A todos nos parecía normal, incluso a mis padres, por eso no se lo agradecimos nunca.

Hoy cumplo sesenta años. Tengo la sensación de que no gobierno mi vida, sino que me dejo arrastrar por ella. Inés, para animarme, me ha regalado dos pasajes, de primera clase, para un crucero por los fiordos noruegos, quiere que vea las auroras boreales, me dice que ahora es la mejor época del año para conseguir avistarlas. Pero mi hija se ha enfadado porque no sabe qué hacer con los niños si falto dos semanas. Me ha gritado que su tía Inés es una puta loca y yo una egoísta. No he sabido qué contestarle, pero al mirarla he comprendido que mi vida entera ha sido un completo error.

He recordado el día en que mi madre me dijo que yo era una elegida de la fortuna y que mi pobre hermana tendría un camino lleno de dificultades. Pero de sobra sé, que mamá hace mucho tiempo que piensa que es Inés la que tiene dar gracias a la vida, por haber nacido tan afortunada.

La sombra que da el olivo

No sé cuándo comenzó el ocaso, pero lo hizo despacio, mansamente, igual que como llega el crepúsculo. Fue tan sosegado que ni siquiera nos dimos cuenta hasta que ya fue demasiado tarde. Como la morera en otoño que va perdiendo hojas sin llamar la atención y una mañana te asomas a la ventana y ya solo ves sus ramas desnudas.

Así fue todo. Ahora solo hay silencio y grietas en las paredes.

Somos como fichas de dominó e iremos cayendo una tras otra. Actualmente solo quedamos cinco mujeres, los hombres se nos han muerto todos. Mis hijos suelen venir los domingos y me traen comida en cajitas de plástico y ellos se llevan verduras del huerto y huevos, dicen que saben mejor que los que compran en el supermercado. Pero después de comer se van. No les apetece quedarse porque hay mala conexión a Internet y los chicos se aburren y protestan.

No saben vivir, a mí me basta con sentarme a observar cómo cambia la sombra que da el olivo que está en medio de la plaza. Desde que vine a vivir a esta casa, tras mi viaje de novios, mirar ese viejo árbol es lo primero que hago por las mañanas. Estuvimos en Mallorca, esa fue la primera y última vez que vimos el mar, pensamos en volver, pero nunca lo hicimos. La casa la compró mi marido antes de ser novios, estuvo adecentándola durante varios años, sin prisa. Lo hacía por las tardes, después de trabajar sus tierras. Yo le veía pasar desde la ventana de la casa de mis padres, mientras me dedicaba a coger los puntos a las medias de nailon, que se ponían las mujeres para ir a misa los domingos. Esperaba tras los cristales hasta verle aparecer, salpicado de yeso. Aquel verano, para las fiestas, nos hicimos novios. Mi padre estaba contento porque Julián, además de ser trabajador y templado, tenía tierras, un tractor y casa propia. Pero a mí me gustaba porque era guapo, me paseaba en vespa y me canturreaba canciones de Lucho Gatica. Fuimos novios durante más de siete años, nos casamos en el verano de 1969, porque mi madre insistía en que ya me estaba haciendo vieja. Acababa de cumplir los veintiocho años y sabía que después de la boda ya no habría tiempo para músicas, porque vendrían los hijos, los madrugones y todo sería trabajar y ahorrar para hacer granero, como habíamos visto hacer a nuestros padres, a lo único que yo aspiraba era a que mis hijos pudieran estudiar. Tuvimos que renunciar a muchos caprichos pero conseguimos que los chicos fueran a la universidad en Zaragoza. Aunque tengo la sensación de que nos hemos equivocado en todo, porque no tienen paz, siempre van con prisas y solo piensan en comprar y en cambiar las cosas nuevas por otras, todavía más nuevas. El mayor siempre está viajando, no para en casa y el tiempo que no pasa con sus hijos lo quiere compensar comprándoles todo lo que le piden. Y así están creciendo. La pequeña se hizo enfermera, era muy estudiosa y sacó muy buenas notas. Es una profesión bonita, para estar contenta de poder ayudar a la gente, pero cada semana es una fatiga oírla quejarse de los turnos y de las horas que no le pagan, de que no puede ahorrar, ni viajar y de que sus hijos gastan mucho y estudian poco. Ojala pudiéramos volver atrás, porque no les veo felices. Me gustaría poderles decir que se vuelvan al pueblo, a su casa, al nido, pero ya no puede ser, porque todo se ha deshecho como un azucarillo en un café caliente.

Entonces teníamos menos cosas, pero mejor vida. El pueblo estaba lleno de gente, de bullicio. Había una botica, un médico, un pequeño colmado y un cura, que hacía sonar las campanas cuando se aproximaba el Ángelus, había difuntos o se acercaba la hora de la misa. Además la escuela estaba repleta de críos y para San Roque teníamos cuatro días de fiestas, con charangas, orquestas y hasta un toro de fuego; que yo aborrecía, porque el armatoste lo manejaba mi hermano Antonio, que siempre fue un pedazo de alcornoque y se divertía asustándome.

A mi hermano le gustaba el fuego, porque trabajaba en la herrería, que antes había sido de nuestro abuelo materno, él le enseñó el oficio y aunque el taller se cerró hace casi cincuenta años, todavía se nos conoce como *los herreros*. Cosas de los pueblos. El abuelo tenía una fragua de piedra, con un yunque de hierro y un gran fuelle de cuero y madera. Antonio, desde muy niño, disfrutaba avivando el fuego, domando al hierro, forjando las rejas de los arados, afilando las azadas y poniendo en forma las herramientas desgastadas. Parecía feliz, pero cuando se fue a hacer la mili a Zaragoza y conoció a Dorita, se desbarató todo. Era una chica bajita, que trabajaba de dependienta en una perfumería que había en la calle Alfonso. Un día mi madre y yo fuimos solo para conocerla y cuando salimos me apretó del brazo y me dijo:

—Vamos a poner una vela a la Virgen, porque esta chica nos va a hacer sufrir mucho.

Ni la vela, ni los rezos, fueron suficiente, porque a los pocos meses ella se quedó preñada y se tuvieron que casar deprisa y corriendo. En cuanto se licenció, se marcharon a Barcelona y él se colocó en la SEAT. Parece mentira, pero aquello fue el principio del fin. Una sola mujer que medía poco más de metro y medio acabó con la vida de este pueblo. Porque cuando mi hermano se marchó ya no hubo quien arreglara los aperos y, poco a poco, los mozos prefirieron dejar las tierras y buscar trabajo en alguna fábrica. Y un mal día, pasó por el pueblo un buhonero en busca de cosas viejas, y mi madre perdió el juicio y le malvendió por cuatro perras las herramientas de la fragua, el yunque y el fuelle. Lo hizo en un arrebato, sin consultarlo con nadie, supongo que de la pura rabia que sentía por la ausencia de su hijo. Yo me llevé un gran disgusto, pero cuando mi hermano se enteró se encorajinó tanto que ya no volvió a dirigirle la palabra, ni volvió a pisar el pueblo. Ni siquiera vino a su entierro, eso sí que me dolió, porque ella quizá se equivocara, pero quien abandonó el pueblo y la fragua fue él. La casa ahora está cerrada, no voy mucho, porque cuando entro en el taller y veo las paredes desnudas y encaladas, siento un profundo dolor, un vacío tan intenso que me desgarra por dentro. Es la imagen de la tristeza más absoluta.

Hace mucho que no veo a mi hermano, aunque de vez en cuando me llama y me pregunta que qué tal tiempo tenemos por España. Lo dice para tomarme el pelo, lo sé, siempre tuvo un sentido del humor muy necio, pero cuando me pilla de mal talante le grito que si quiere saberlo, que se asome al balcón. Él se ríe con esa carcajada de borrico que siempre tuvo, aunque a veces se le escapa que echa de menos el calor de la fragua y el murmullo del fuelle. Pero ya es demasiado tarde. La vida no da marcha atrás.

En 1990 se cerró la botica y el médico se jubiló y nadie vino a sustituirle. Ahora tenemos uno cada miércoles por la mañana. Llega siempre con prisa, nos toma la tensión y nos mide el azúcar y se va a otro pueblo. Y la semana siguiente nos trae las medicinas que nos ha recetado. También hace mucho que cerraron el bar y el colmado. Ahora ya ni siquiera tenemos cura, solo viene uno joven, de piel tostada, cada dos o tres semanas o cuando se muere alguien. Lo más triste fue cuando al llegar septiembre no abrieron la escuela, hará de eso unos veinte años, porque hace casi treinta que no nacen niños en este pueblo. El último en nacer es ahora el alcalde, trabaja de electricista en Cariñena y viene una vez al mes para verse con la Secretaria del Ayuntamiento y hace lo que puede por el pueblo, por lo menos que siga vivo. La Secretaria le pidió a mis hijos que alguno de los dos se hicieran cargo del asunto, pero no quisieron. No sé por qué le tienen tan poco apego al pueblo, con lo felices que fueron de niños, o por lo menos así me lo parecía.

Por ahora Juanito, el de la furgoneta, es el único que no nos falla y lleva la cuenta de las vecinas y pregunta cuando alguna no acude a la plaza. Llega sobre las once de la mañana y a su encuentro salimos todas. Aprovechamos la espera para contarnos los achaques y comprobar que todavía seguimos en pie. Nos trae pan, leche, algún congelado y otras cosas. Si nos pasa algo, será él el primero en enterarse y por eso lleva apuntado los teléfonos de nuestros hijos. Yo le compro todos los días algo, y le encargo que me traiga cosas, aunque no las necesite, porque si no, dejaría de venir. Ya no tenemos ni Caja de Ahorros, mi hija dispone de mi pensión. No pasa nada, es buena chica, pero no me gusta. En mi casa he sido siempre la que ha controlado el dinero, como lo hizo mi madre y antes mi abuela, que llevaba los billetes en su faltriquera, bajo el delantal y las sayas. Mi marido nunca me pedía explicaciones y ahora tengo que depender de que Alicia se acuerde de pasar por el cajero.

Hace cinco años que me quedé viuda. Julián fumaba mucho, era diabético y no se cuidada. Se desvaneció en el campo y lo encontró un vecino manchado de barro junto al maizal. Horas estuvo allí tirado hasta que conseguimos ayuda para traerlo a casa. El sofocón que me llevé fue grande, pero ahora pienso que murió sin sufrir y sobre la tierra que tanto amaba. Es una pena que ahora esté cubierta de malas hierbas y matorrales. Mi hermano tampoco vino al entierro, pero mandó un ramo de flores, aunque, como este pueblo está tan a desmano, nos llegó cuando ya estaba enterrado.

Mi hija, creo que con la boca pequeña, me dice que me vaya con ella a Zaragoza, pero yo no quiero; le pongo como excusa que tengo que cuidar a mis dos perros y a los gatos y, aunque eso es verdad, lo cierto es que no quiero vivir con ella porque me volvería loca. Mi yerno hará unos meses que me contó que un escritor famoso, ha publicado un libro sobre los pueblos que se quedan vacíos y mi nieto pequeño, Ramiro, me hizo un montón de fotografías en casa, sentada en el poyete de piedra o caminando sola por las calles del pueblo y hasta me grabó diciendo boberías. Parece ser que le gusta publicar esas fotos y presumir de que su abuela, vive en un pueblo donde ya solo quedan cinco viejas.

Su padre bromea con que ahora soy famosa y más desde que una mañana, apareció una chica rubia y otro chico cargado con una enorme cámara al hombro. Querían grabarme para no sé qué programa de televisión. Creo que estuve antipática con ellos y hasta les reñí porque me estaban pisando el huerto y eso, en lugar de molestarles, parece ser que les hizo mucha gracia y mi hija me enseñó, en su teléfono móvil, un video donde aparezco recogiendo tomates y echando del huerto a la chica de la tele porque me pisoteaba las plantas.

No sé dónde le ven la gracia, yo hace tiempo que no les entiendo. Solamente pienso que mi nieto, en vez de ir contando cosas sobre mí, lo que tenía que hacer tanto él, como su hermano y sus primos, es venir más a verme y quedarse unos días aquí conmigo, para que yo les pudiera contar cosas que, cuando yo me muera, desaparecerán para siempre. Pero ellos siempre tienen prisa por marcharse.

En cambio yo, si pudiera elegir, me gustaría morirme sentada a la puerta de mi casa, viendo cómo, lentamente, va cambiando la sombra que da el olivo sobre la plaza.

El cinco rosas

Fulgencio Tarajales solo tuvo dos pasiones en la vida: *El cinco rosas* y Aurelia Expósito. La conoció en un lupanar de la calle Prudencio. Él rondaba los setenta años y ella apenas tenía diecinueve. Le gustaba mucho, no solo por guapa sino también por brava y porque no se acobardaba ante nadie, ni siquiera ante los de la político-social, cuando les daba por ir a visitar burdeles. Entonces todavía vivía Franco y el cinco rosas era el lugar de reunión de una peña de viejos falangistas trasnochados y temerosos de lo que pudiera pasar cuando su caudillo faltara. La mayoría de ellos eran unos meapilas que se escandalizaban con solo pensar en el sexo y por eso terminaron por abandonar la peña ante las extravagancias del camarada Tarajales, que cerraba el local solo para verse a solas con Aurelia.

Antes de la guerra, había sido una bodega donde los vecinos del Gancho iban a comprar vino a granel. La regentaba Eusebio Tizón, un militante anarquista que huyó a Francia al día siguiente de que Franco proclamara que la guerra había terminado. Fulgencio la consiguió por cuatro perras. Lo hizo por pura nostalgia. Su abuela materna vivía justo enfrente y los recuerdos de su niñez se mezclaban con el olor a vino que salía de la vieja cava. Cuando entró por primera vez, tendría unos doce años, se quedó maravillado del techo abovedado y las paredes que parecían escavadas en la misma roca. El bodeguero había pintado el mostrador, las mesas y las banquetas de negro y rojo, los colores de la CNT. Eusebio Tizón en su huida se lo llevo todo, salvo una foto enmarcada que dejó colgada de una alcayata, en la que aparecía Buenaventura Durruti apoyado en una de las barricas de roble. Tarajales aprovechó el marco y puso sobre la foto del sindicalista otra en la que aparecía él mismo junto José Antonio Primo de Rivera, tomada tras un discurso en el Frontón Cinema, en enero de1936.

Para Fulgencio la vieja cava era el paisaje de su infancia, nunca quiso deshacerse de ella, por eso, en 1978 se la malvendió a Aurelia por cincuenta mil pesetas. Sabía que sus hijos aborrecían el local y lo que significaba. Estaba seguro de que se desharían de él en cuanto se cerrase la tapa de su ataúd. Lo que hicieran con el resto de sus bienes le traía al fresco, pero quería conservar *El cinco rosas*, el único lugar en el mundo donde había sido realmente feliz.

Aurelia recordaría aquella mañana como la mejor de su vida. Por fin iba a tener algo realmente suyo. A la salida del notario, Fulgencio estaba contento y le regaló un sombrero de fieltro rojo con una cinta de raso azul, que estaba en el escaparate de *La Parisien*. Le dijo que la propietaria de *El cinco rosas* tenía que vestir como una auténtica dama.

Tres meses más tarde, Aurelia se lo volvió a poner para ir al entierro de Tarajales. Desde el último banco de la iglesia de Santa Engracia, vio pasar el féretro cubierto con una banderola bordada con el yugo y las flechas. Franco llevaba tres años bajo una losa en el Valle de los Caídos y Aurelia sabía que los tiempos irremediablemente habían cambiado.

Mandó repintar la fachada, guardó el rótulo de las cinco rosas y lo sustituyó por otro que decía Buenaventura. Como

Fulgencio, durante una de aquellas noches de alboroto y vino, le había contado, que debajo de la fotografía de José Antonio todavía estaba la de Durruti, cambió el orden de las mismas y el anarquista volvió a sonreír apoyado en la barrica. El Buenaventura no tardó en convertirse en un lugar de encuentro de jóvenes que jugaban a ser revolucionarios y de algunos nostálgicos que todavía recordaban a Eusebio Tizón y a los suyos.

Aquellos fueron buenos años. Ella estaba en el esplendor de su belleza y solo ejercía cuando le venía en gana, cuando le gustaba alguno, que no siempre era el más rico o el más aseado. Pero a nadie le hizo jamás un servicio gratis. Le gustaba presumir de que en ella no mandaba ni Dios. Bien lo sabía el falangista cuando mandaba cerrar *El cinco rosas*, solo para estar con ella a solas.

Con el paso de los años el negocio fue languideciendo. Apenas entraba gente. Hasta que una mañana, Aurelia recordó que la foto de Fulgencio todavía estaba debajo de la de Durruti. Volvió a intercambiarlas, desempolvó el viejo cartel que Tarajales había mandado pintar en 1941 y lo volvió a colgar en la fachada. Una asociación vecinal le puso una denuncia por exaltación del franquismo y hasta hubo una recogida de firmas pidiendo el cierre. Pero Aurelia había vivido demasiado para que la intimidasen con esas nimiedades, lo único que le importaba era que, otra vez, *El cinco rosas* volvía a estar lleno y bullicioso noche tras noche.

La vida es una noria que nunca para de girar.

¡Mondo Cane!

He sabido por el periódico que a Matías le han encontrado muerto y mordido por sus propios perros. Parece ser que una vecina llamó a la policía por el fuerte olor y los ladridos. Quizá a él tampoco le hubiese importado de haberlo sabido, porque era morboso, le gustaba llamar la atención y nunca pasar desapercibido.

Hacía más de cuarenta años que no tenía noticias suyas, pero he reconocido el portal que aparece en la imagen del diario, porque a ese piso fui muchas veces. Entonces éramos jóvenes, hermosos y temerarios. Me gustaba arriesgar la vida a su lado, la felicidad era huir de los problemas y no saber cómo podría terminar el día.

Vivía en el primero izquierda sobre una academia de música y mientras nos amábamos, se escuchaba aporrear el piano. Bebíamos mucho y fumábamos porros escuchando una y otra vez la *Für Elise*, que repetían hora tras hora en local de abajo. Aborrezco a Beethoven desde entonces.

Matías compraba el cannabis a un ex legionario, que llevaba el antebrazo tatuado con el dibujo de una mujer desnuda y tenía una pequeña tasca en El Tubo. Un tugurio oscuro y sucio decorado con fotos de toreros. Ahora en ese mismo lugar hay una tienda franquiciada, que vende fundas multicolores para móviles, quizá en eso también hayamos saliendo perdiendo.

Cuarenta años es demasiado tiempo para todo, pero sobre todo para mí, porque ya empiezo a añorar aquellos años de amor carnal, quimeras políticas y promesas incumplidas.

Matías era profesor de filosofía en un instituto que había cerca del río. Llevaba el pelo largo y una barba recortada. Los alumnos le llamaban Che. Él se pavoneaba y les regalaba chapas con la imagen de Ernesto Guevara, pero nunca le movió la política, su meta era el hedonismo, el placer por el placer, el capricho de salirse siempre con la suya.

Una tarde llamé al timbre a la misma hora de siempre, pero nadie abrió. Me cansé de esperar y me fui a casa despechada. Lloré mis penas de amor unos cuantos días y durante un largo tiempo aún seguí esperando su llamada, que nunca llegó. Años más tarde alguien me contó que, por aquellas fechas, había sido sorprendido practicando sexo con una alumna de catorce años y que por ello pasó dos años y medio en la prisión de Torrero.

Mientras espero a que me sirvan, vuelvo a mirar la fotografía de la camilla, con la bolsa negra, camino del anatómico forense. En el pie de la imagen leo que ha sido hallado muerto un hombre de 68 años que vivía solo y que respondía a las iniciales M.O.C. Parece ser que había fallecido hacía más de una semana y los animales habían empezado a comérselo por pura subsistencia. Intento recordar sus facciones, la forma de sus manos, el sabor de sus besos, pero me es difícil, todo se difumina entre un recuerdo de amarga decepción.

—¡Pobre hombre! —exclama la camarera al verme observando la fotografía.

—¡*Mondo cane*! —le respondo, encogiéndome de hombros, antes de pedirle que me traiga un café con leche muy caliente, con doble de azúcar y una tostada grande con mermelada. Quiero empezar bien el día.

El almacén de las vidas robadas

Llevo casi cuarenta años en este oficio y aún me sigue conmoviendo como la primera vez. Aquel día aprendí que era cierto lo que escribió León Felipe, que para enterrar a los muertos como debemos, cualquiera sirve, cualquiera... menos un sepulturero. Por eso nunca he querido pedir el traslado. Mis compañeros se sorprenden de que me guste estar en este departamento del que todo el mundo huye, pero para mí es casi una misión. Es necesario poner un poco de humanidad a esta labor tan ingrata.

Mi primer servicio fue el de Magdalena Rosales Cadenas, me acordaré siempre. Vivía en el tercero izquierda del número 45 en calle Viriato. Había fallecido a los setenta y cuatro años de muerte natural y sin dejar herederos. La ley dice que si alguien muere sin testar y no hay ningún familiar de hasta el cuarto grado de consanguinidad que reclame la herencia, los bienes pasan a ser la Administración Pública, que se verá obligada a subastarlos.

Y ahí es donde aparezco yo, es decir, mi Departamento. Tenemos que vaciar la vivienda y hacer un inventario escrupuloso de todos los enseres que contiene. Yo hago bien mi trabajo, soy muy detallista y lo anoto todo con esmero. Pronto fui consciente de que al final de esas vidas solo queda lo que yo he anotado en la lista y he certificado con mi rúbrica.

Magdalena tenía muchas cosas pero ninguna de un valor relevante: figuritas de porcelana, algún candelabro de plata, una vajilla de la Cartuja de Sevilla, que estoy seguro de que jamás se había usado, alguna joyita de poca monta y mi gran descubrimiento, mi primer delito: una caja de cartón llena de viejas fotografías. Pequeñas imágenes en blanco y negro ribeteadas con un borde blanco. Abrí la caja y cogí una en la que se veían dos chicas jóvenes cogidas del brazo y en la parte posterior habían escrito con pluma estilográfica y letra puntiaguda: Con Julita, mayo 1936. Las dos chicas sonreían sin saber lo que se les venía encima pasados dos meses, seguramente les tocaría saber lo que era el miedo y el hambre.

La caja estaba sobre un montón de cachivaches inservibles con destino a ser destruidos. No lo dudé, la guardé en una bolsa y me la llevé a casa. Allí la estuve mirando y ordenando por fechas. Magdalena fue una mujer meticulosa, casi todas estaban datadas y en muchas ponía el nombre de los retratados. Me di cuenta de que sin mí habría dejado de existir. Murió sin que nadie la echara de menos, por eso me necesitaba, para ser recordada, para que alguien todavía disfrutase viéndola vestida de Primera Comunión o con su mantilla negra en un Jueves Santo perdido en el tiempo.

La de Magdalena es la vida que más recuerdo. Quizá porque fue la primera. Después vinieron muchas más. A la semana siguiente tuve que ir a completar otro servicio. Esta vez a un pueblo de la ribera del Huerva. Era una casa de tres plantas, con una enorme cuadra de pesebres de piedra. El último dueño fue un viudo sin hijos que murió una noche de invierno, sin que ningún vecino se diera cuenta hasta pasados varios días.

En un aparador de la despensa encontré mi tesoro. Esta vez era una lata grande de Dulce de Membrillo. Estaba impaciente por llegar a casa y husmear las vidas de Antonio

Ruiz y Manuela Antúnez, los dueños de la casa, según decían las viejas escrituras de la vivienda. Los vi bailando en la verbena de San Juan, por entonces debían ser novios. En otra imagen aparecía Antonio vestido de soldado de artillería, con una ingenua dedicatoria escrita con letra diminuta: A mi novia Manolita para que me espere. Siempre suyo, Antonio.

Manolita le esperó, porque en la caja apareció la foto de su boda, se les veía felices. Ella llevaba un vestido de raso blanco y la cabeza cubierta con un velito de tul y él, un traje negro y una corbata gris mal anudada. Supe que algunos años más tarde se compraron una furgoneta para transportar las lecheras y se fotografiaron ufanos apoyados en el capó blanco, él con su mono de trabajo y ella con una faldita de cuadros y las zapatillas de andar por casa. Sonreían junto a su perro color canela, que miraba con las orejas tiesas al fotógrafo. En la caja encontré fotos de otras bodas y otras celebraciones familiares. Tuvieron una buena vida, pero Manolita murió pronto y Antonio guardó en la cajita de latón el recordatorio de su funeral con un crespón negro, y desde ese día dejó de almacenar imágenes. Supongo que ya no había momentos felices para recordar.

Todos los que tuvieron ahora viven conmigo, junto a otros cientos de vidas robadas que almaceno en mi casa, en una habitación repleta de estanterías metálicas. Soy concienzudo, por eso cada una tiene su ficha, donde he anotado los hitos más importantes que han querido que perduren.

Conozco sus nombres, sus familias, las caritas de ilusión de sus primeros Reyes Magos, los lugares a los que fueron de vacaciones, aquel primer amor que alegró su mocedad y, claro, también he conocido su declive. Sus primeras arrugas, su cabello encanecido, las huellas del tiempo en sus rostros ajados. Todos ellos tuvieron alguna vez alguien que les quiso, pero todos acabaron solos, sin herederos, sin nadie a quien legar lo que amaron en vida y el techo que les cobijó. Algunos murieron en sus propias camas y cuando hay que inventariar el piso, a veces nos encontramos con las huellas de su cuerpo putrefacto sobre las últimas sábanas que utilizaron. Eso es lo más duro de mi trabajo, el hedor de la muerte permanece para siempre.

Pero el tiempo pasa para todos, también para mí. Tal y como se lamentaba el replicante Roy Battyen, ha llegado el momento de morir, es inevitable. Por eso estoy preparando mi propia caja, mi memoria vital, para que la encuentre el funcionario que ocupe mi lugar en el Negociado de los Solos, como así me gusta llamarnos.

Empecé revisando los cajones. No quiero que me juzguen por las cosas que guardo, así que me deshice de ellas poco a poco, llenando bolsas de basura y tirándolas al contenedor. Primero fue lo que guardaba en los cajones de mi ropero. Rompí el libro de familia, los viejos recordatorios de las muertes familiares, mis notas del colegio, un dibujo de un tranvía amarillo que compré en Lisboa cerca de la plaza del Comercio, en nuestro viaje de bodas. Las insignias y la bufanda de mi equipo de fútbol. Centenares de documentos bancarios. Mis nóminas. Mis declaraciones de Hacienda. Continué con la ropa; el delirio de guardar y guardar para una vida longeva e interminable, montones sábanas, toallas, abrigos, trajes, atuendos de verano y de invierno olvidados en el fondo del armario. Luego seguí con la biblioteca. Los libros que marcaron mi vida y que todavía perduran en mi memoria, los fui arrojando mañana a mañana al contendor del papel. Cada vez que arrojaba uno era como acercarme a la muerte, pero no paré hasta ver las estanterías vacías. Después me deshice de mis discos de vinilo, esto sí que me costó hacerlo, pero lentamente los fui arañando con un punzón para nadie pudiera volver a escuchar aquellos surcos que guardaban mis mejores horas de amor y de romance. No quiero que mis recuerdos terminen mancillados en un mercadillo de segunda mano o malvendidos en un rastro dominguero. Yo sé cómo son estas cosas, llevo cuarenta años viendo cómo la gente desprecia los recuerdos ajenos y los mide solo por el precio de mercado. A mí no me iba a pasar.

Por eso mi legado va a ser muy pequeño, todo va a caber en una cajita de puros habanos, no necesito más. Lo he pensado mucho y he decidido guardar solo cinco fotos. Todas las demás las he quemado en una ceremonia de autoinmolación. He salvado, la que estoy disfrazado de indio cherokee en una mañana de Reyes. La de mi Primera Comunión vestido de marinero, junto a mi hermana Emma, que entonces tenía tres añitos. Otra en la que estoy al lado a mis padres en la puerta de la casa, con la bicicleta roja que me regalaron cuando aprobé la reválida de cuarto. La cuarta es la de mi jura de bandera en el Acuartelamiento de San Lamberto, vestido de alférez de aviación y la última, la que estamos la familia entera, durante la comida que regalamos a mis padres, cuando celebraron sus Bodas de Plata.

Mi hermana Emma estaba ennoviada con Guillermo, él hizo la foto, por eso no sale. Emma aparece sentada al lado de nuestra madre. Se le ve un poco ojerosa, pero entonces no le di importancia y mamá creo que tampoco. A los pocos meses le diagnosticaron la leucemia. Aquello acabó con todo, desde aquél día nada merece la pena ser recordado. En el hospital conocí a Nora. Era morena y vivaracha. Emma decía que tenía manos de ángel, porque no le hacía daño cuando le sacaba sangre. Todo fue muy deprisa. Aquellos meses de enfermedad, hospitales y encuentros clandestinos los recuerdo como un torbellino de emociones incontroladas. Nos casamos enseguida para que mi hermana pudiera asistir a la ceremonia. Nora le regaló su ramo de novia y Guillermo se arrodilló y le pidió matrimonio delante de todos. Emma dijo que sí, pero murió a las pocas semanas y no hubo boda.

Han pasado treinta y ocho años desde aquel día. Todavía Joaquín Sabina no había escrito eso de que los amores que matan nunca mueren, pero yo lo supe pronto. Por eso estoy desechando todo lo que alguna vez me causó dolor. He quemado todas las fotos de Nora y de nuestra boda. Nadie sabrá que morí de amor y que he estado muerto en vida desde que ella se marchó con Guillermo.

Un día de invierno, al volver del trabajo, me encontré la casa en silencio y una nota sobre la almohada que decía poco, solo que lo sentía, pero que había dejado de amarme. Nunca nos volvimos a ver. Llegaron los abogados, los papeles y la desgana. Alguien me contó que se fueron a vivir al sur, de donde ella era. Durante muchos años he hecho un gran esfuerzo por no recordarla, por hacer desaparecer de mi vida aquel inmenso dolor, pero a pesar del tiempo transcurrido, hay algo que no puedo olvidar y me sigue torturando, es la imagen de las perchas alineadas y desnudas en nuestro armario ropero.

Esas perchas vacías se han quedado grabadas en mi cerebro, como la indeleble marca que deja la tinta sobre la piel tatuada. Nunca pude volver a dormir en aquella cama. El mismo día en que el abogado me entregó la sentencia del divorcio tiré todos los muebles hechos astillas.

Hoy, en su lugar, están las estanterías donde almaceno las cajas de las fotografías robadas. Allí dejaré la mía, mezclada entre ellas, para que alguien de mi antiguo departamento las encuentre. Posiblemente todas ellas terminen hechas cenizas en un horno crematorio, o peor aún, arrojadas a una montaña de papel en cualquier vertedero, al capricho del viento y de la intemperie y será entonces, cuando Magdalena Rosales y todos los demás, hasta llegar a mí, habremos muerto para siempre.

El resto de mi vida

Mañana estaré muerta. Es una sensación extraña porque no estoy preocupada. El médico me ha dicho que mi infección es irreversible y que en horas todo habrá acabado. La sepsis avanza lentamente por mi cuerpo hasta que me origine un choque séptico, que producirá grandes daños en mi organismo, descenderá mi presión arterial y moriré irremisiblemente. El doctor Arrieta me lo ha explicado muy bien, pero me ha dicho que todavía me quedan unas horas de lucidez, por si quiero despedirme de alguien o arreglar mis cosas. También me ha preguntado si quería que avisara al capellán, le he dicho que no, que tenía línea directa con Dios y no necesitaba intermediarios. Él ha sonreído.

Mañana será el caos. Hace más de veinte días que no me encuentro bien. Tengo bastante fiebre y una gran debilidad. Lo he dejado correr porque hay mucho trabajo en la oficina y allí todo pasa por mí. Pensaba que solo era una fuerte gripe de primavera, pero esta mañana ya no podía más y he venido a Urgencias en un taxi. El pobre hombre ha tenido que ayudarme a bajar y ha llamado a alguien para que trajera una silla de ruedas. Ni siquiera recuerdo si le he pagado. Dos horas más tarde me han dicho que me estoy muriendo y que no hay nada que hacer. Debe ser consecuencia de mi estado febril, pero me lo he tomado con mucha paz.

La infección ha elegido un día perfecto para expandirse. Mi marido y mi hijo se han ido a Madrid para ver la final de la Champions entre el Tottenham y el Liverpool. El zángano del crío ha suspendido todas las asignaturas excepto el inglés, pero su padre, como premio, se lo ha llevado al fútbol, así no hay manera de motivarle para que se esfuerce. De pequeño era un amor, tan rubito y tan gracioso, pero ahora es un adolescente holgazán y provocador. Elena, la mayor, está en Ámsterdam haciendo un Erasmus. Me tiene harta. Discutimos mucho. Es guapa y frívola como su padre. La última vez que hablamos por teléfono, hace apenas cinco días, me llamó castradora y obsesiva, porque le insisto en que no beba tanto y que sea más prudente en sus relaciones sexuales. Es muy promiscua y el alcohol es la única manera que conoce para sociabilizarse. No sé qué hacer con ella. Terminará alcoholizada, si no lo está ya. Hoy no me siento con fuerzas para darle más consejos. Ya se los he dado todos y nunca me ha hecho el menor caso.

Les espera un mal futuro a los dos y más sabiendo que, a partir de mañana, se van a quedar sin madre y sin gerente en el negocio familiar. Su padre es un gran relaciones públicas, un encantador de serpientes, pero derrochador e indisciplinado. Por eso tampoco tengo ganas de llamarle, porque si lo hago es capaz me reprocharme que he planificado mi muerte solo para fastidiarle el puto partido y, además, todo lo que se le ocurrirá preguntarme es que dónde guardo las escrituras o los papeles del banco. ¡Que le den! Es un patán enfundado en trajes de Armani. Todavía le sientan bien, es lo único que tiene, su fachada de galán. Cuando le conocí me cantaba canciones Elvis Costelo, hoy solo sabe hablar de bodegas, coches y futbol. No sé cómo ha podido cambiar tanto. Ya solo hablamos para discutir del negocio y de la educación de nuestros hijos. Hace mucho que solo es un extraño en mi vida. Y luego está mi madre y sus melodramas continuos, no quiero pasar las últimas horas de mi vida escuchándola quejarse de lo desgraciada que es porque su única hija se está muriendo. La familia se ha convertido en una carga para mí. Hay mañanas en que aborrezco mi vida. Hace mucho que no disfruto de ella. La jovencita que fui se avergonzaría al ver en lo que me he convertido. No era este el futuro que yo había diseñado. Por eso prefiero estar sola y tranquila, esperando en silencio a que todo acabe. Tic-tac, Tic-tac. El reloj avanza despacio. No siento dolor. Solo que el corazón se agita como un caballo desbocado y de repente se sosiega como si se hubiera quedado sin fuerzas.

Faltan solo unas horas para que estalle la anarquía total en mi organismo. Creo que no sufriré, será como apagar un interruptor, se hará la oscuridad y luego la nada. Ni siquiera creo en esas teorías de la reencarnación. En lo único que pienso ahora es que dejado el presupuesto de DISA a medio hacer, y que mañana habría que ir a recoger un traje de Carlos a la tintorería y la semana que viene Daniel tiene cita en el dentista para la revisión de los *brackets*. Ya se apañarán, aunque solo sea por estas cosas menores me echarán de menos.

De vez en cuando entra una enfermera, me toma la tensión, vigila los goteros, me sonríe, me pregunta que si quiero beber agua y se va. Son amables conmigo. Por la ventana veo las copas de los árboles del parque grande y algunas casas a lo lejos, debe ser Torrero, o ese barrio nuevo que no sé ni cómo se llama.

Ha oscurecido. El doctor Arrieta ha venido a ver cómo me encuentro, está preocupado y sorprendido de mi serenidad ante la muerte. No le confesaré que simplemente me da todo igual y que me he rendido.

Acerca la silla y se sienta junto a mi cama. La habitación está a media luz, solo iluminada por una pequeña lámpara que hay sobre la cabecera. Veo que lleva bordado el nombre en el bolsillo de su bata blanca: "Dr. L. Arrieta Melgar".

—¿Se llama Luis? —Le pregunto señalándole el nombre.

Pasa la mano sobre la tela y me dice:

—No, mis padres tenían mucho más sentido del humor. Me pusieron Lázaro.

Sonrío. Huele muy bien y me doy cuenta de que es muy guapo. Hasta ahora ni me había fijado. Para él debo ser un curioso caso clínico. Quizá una infección tan demoledora como la mía únicamente la haya conocido en los libros de texto o en alguna revista científica. Solo por eso me recordará siempre. Tal vez preparé alguna ponencia sobre mi caso y la presente en un congreso de medicina interna. Me gusta pensarlo. Él y yo unidos para siempre. Calculo que debe tener unos cuarenta años. Cuatro o cinco menos que yo, tengo buen ojo para eso. La suave luz de la lamparita le ilumina el rostro. Tiene los ojos oscuros, con unas pestañas largas y espesas, que para mí las quisiera. Le han salido algunas pequeñas canas en las sienes. Me fijo en sus preciosas manos, ligeramente velludas, masculinas y sensuales. Estoy segura de que debe ser un gran amante, atento y entregado. Me dan granas de preguntárselo. Estar tan cerca de la muerte me tiene que dar ciertos privilegios, pero es él quien se adelanta y me pregunta:

—¿Estás cómoda? ¿Quieres que te incorporé un poco más? —me tutea afable.

—No, gracias, estoy bien así, pero ¿es que se va a quedar conmigo hasta el final para que no muera sola?

—Sí —responde contundente y añade— Mi guardia ha terminado. Esta noche no tengo mejor plan que pasarla a tu lado, si me dejas, claro.

—Será un placer pasar el resto de mi vida junto a ti —le digo sin pudor.

Sonríe, se inclina hacia a mí y me dice:

—No es la primera vez que le hago una promesa así a una mujer, pero te juro que hoy la voy a cumplir.

—Me parece bien, quiero que te quedes conmigo —le susurro.

—Así será pues. ¿Pero de verdad que no quieres que avise a nadie?

—A nadie, contigo tengo bastante.

La infección debe estar avanzando, porque me siento un poco aturdida, como embriagada. Estoy entrando en un dulce sopor. Él se debe estar dando cuenta. Se levanta y vuelve del baño con una toalla húmeda y fría, que me coloca sobre la frente.

—Te está subiendo la fiebre —dice al tiempo que me ahueca la almohada y me ayuda a beber un poco de agua. Mueve la silla para aproximarse a mí y me sujeta la mano izquierda con las suyas.

—Hueles muy bien —le digo con los ojos cerrados.

—Gracias, eres muy amable— y me retira un mechón de pelo que me cae por la frente.

—¿Cuánto me queda? —le pregunto.

—Ahora ya poco, lentamente te adormecerás y no sentirás nada, te he sedado un poco para que todo sea fácil, pero yo estaré contigo hasta el final

Asiento con la cabeza e intento sonreír. Me envuelve una suave paz, como si me meciera un vaivén de olas. Se han evaporado todos los miedos y los problemas. Es como si el calendario hubiera borrado de golpe los últimos treinta años, y volviera ser aquella quinceañera enamorada de mi compañero de clase. Cierro los ojos y aspiro profundamente para sentir su perfume. Apenas me quedan fuerzas, pero muevo ligeramente el dedo pulgar para sentir el roce de su piel. Quiero morir así, con mi mano entre las suyas.

—¿Llevas el móvil? —le pregunto.

—Sí, aquí lo tengo, ¿quieres que llamemos a alguien?

—No, solo quiero escuchar una canción...

—Claro, dime cual.

Intento decirle que me ronda por la cabeza «*Lobo hombre en París*», fue la canción de mi adolescencia, pero creo que no me ha escuchado. No sé qué ha pasado, de repente me veo observando la escena desde fuera de mi cuerpo. Se ha puesto de pie, me toma el pulso, me ausculta, me cierra los ojos, desconecta los goteros, llama por el interfono a la enfermera y le dice:

—Soy Arrieta, venid que ya ha fallecido, habrá que avisar a la familia.

Siento una calma total y la habitación se llena de una luminosidad extrema...

Segunda parte

Al otro lado de la frontera

Marta Navarro García

Zaragoza, 1965. Es autora de los libros: *Hijas de la tormenta* (Los libros del Gato Negro, 2019), *Vietnam bajo la cama* (Amargord, 2015), *Ocho islas y un invierno* (El Desembarco, 2009), *La victoria del heno* (Premio Victoria Kent 2007) y *La espalda del viento* (accésit del Premio de Poesía Gabriel y Galán 2006). Ha obtenido el Premio de Cuentos Ciudad de Tudela 2015 y el de Poesía Ciudad de Tudela 2017. Ha participado en numerosos libros colectivos de poesía y de relatos como *Voyeur, literatura y erotismo* (Ediciones del Viento, 2012) o *Brioleta* (Pregunta Ediciones, 2015). Forma parte de la antología *Insumisas. Poesía crítica contemporánea* (Baile del Sol, 2019) y es coantóloga de *Naciendo en otra especie* (Plaza y Valdés, 2016). Ha escrito en la revista feminista *Pikara* y en *El caballo de Nietzsche* de eldiario.es. Edita el blog *Entrenómadas*.

Más información en: https://es.wikipedia.org/wiki/Marta_Navarro_García

No hay peor agonía que llevar con nosotros una historia que no ha sido contada.
MAYA ANGELOU

Siempre intento que en mis relatos lo cotidiano y lo extraordinario se entremezclen. Me interesan las historias de personajes que esconden secretos o que descubren misterios. La adolescente que se ha citado en un pub irlandés para conocer por fin a su padre biológico. Los niños que sufren cada mes la visita de una tía lejana que les va a dejar una huella imborrable. La abuela que deja en herencia a su nieta favorita el hilo invisible que las mantendrá unidas para siempre. La niña silenciosa que se refugia feliz en un cine de barrio y que descubre la comunicación con el mundo en las palabras de Mary Poppins. Las voluntarias de un albergue de animales abandonados que en una situación extrema saldarán cuentas con el pasado. La vecina de un barrio mestizo que se enfrenta, armada solo de ingenio y esperanza, a un grupo de neonazis amenazantes. La mujer que desafía a la implacable frontera para entrar en su ciudad soñada. En definitiva, relatos donde sus protagonistas toman las riendas de su vida.

MARTA NAVARRO GARCÍA

¡Ojalá vivas todos los días de tu vida!
JONATHAN SWIFT

La Caja de Lua

Maletas, paquetes, bolsas repletas de ropa y cajas de todos los tamaños. La abuela vivió más de cincuenta años en esta casa, pero en apenas dos días todo se ha reducido a cajas. La distribución de los bienes ha suscitado largas conversaciones, no siempre agradables. Todo se hace siguiendo indicaciones de la abuela. La vajilla y la cubertería son para las tías. Los muebles irán a la casa de la playa de tío Paul. De la biblioteca se ocupará Ágata, su fiel amiga. La abuela supuso que en manos de su familia los libros se hubieran puesto en venta, pero con Ágata serán gestionados como siempre soñó, irán al Centro de Cultura Popular del barrio.

Thelma y Louise también se quedan con Ágata. En realidad, ya estaban con ella desde que la abuela tuvo que ser ingresada. Las dos tienen más de doce años y muchos achaques. La abuela las echaba tanto de menos que pidió que se las llevaran al hospital, pero no se lo permitieron. Sin embargo, nada es imposible para Ágata que estaba decidida a que su amiga siguiera viendo a Thelma y Louise; cada día las acercaba hasta la zona ajardinada del hospital para que la abuela desde la ventana de su habitación disfrutara viéndolas corretear. Escuchar sus ladridos le hacía sonreír.

Los tres garajes se venderán y se repartirá el dinero a partes iguales entre los hijos. La casa del Pirineo aragonés ya está en venta. Los nietos van a recibir la mayor parte de los bonos del Estado. Excepto yo. A mí sólo me corresponden una caja de plata donde de niña guardaba mis tesoros imaginarios; el espejo en el que solía maquillarse la abuela y mi pastel preferido debidamente guardado en el congelador. Así lo estipula en su testamento. Ante el enfado e indignación de mis padres, yo quedo fuera del reparto de los bonos.

La abuela antes de ingresar en el hospital reescribió su testamento, incluso tuvo ánimo para preparar mi tarta favorita. Después la congeló y dejó dos notas: una incluida en el testamento, la otra la pegó sobre su frigorífico, asegurándose de que quedara bien sujeta: «Lua, este pastel es para ti. Sólo para ti». Y en letra más pequeña añadió: «Cuida bien la caja».

La caja era la forma en la que llamábamos al mundo. Pero en esta nota hablaba de la hermosa caja de plata repujada que me dejaba en herencia.

Las burlas por el peculiar testamento que me ha dejado la abuela no paran. «Un pastel congelado, un espejo y una caja de plata. Mientras el resto se han repartido los bienes de la señora Lara». La de veces que habrán cuchicheado los vecinos a cuenta de mi herencia. Si la decepción es un dolor, creo que hoy la abuela me duele por todo el cuerpo.

Los fines de semana me trasladaba a la casa de la abuela. Cuando estábamos juntas, nos aislábamos del resto del mundo y de la familia. Por la noche me ponía sus enormes camisones. Envuelta en ellos me sentía invencible. Los sábados siempre cocinaba tartas y deliciosos postres. Desde pequeña jugábamos a adivinarnos los pensamientos. Llegamos a ser tan buenas que a mi madre le inquietó y acabó prohibiéndole a la abuela que siguiera con el juego. En realidad, lo que a mi madre le preocupaba era que un día descubriéramos que tenía una aventura con el profesor de yoga. Pero no, no llegábamos a tanto. Bueno, yo no llegaba, la abuela sí. Ella era capaz de saber lo que pensaba la gente que estaba a su alrededor. En varias ocasiones puso en apuros a amigos y familiares durante las veladas que organizaba en su casa. Cuando se marchaba de vacaciones, solíamos enviarnos imágenes mentalmente. «Lua, cuando oscurezca, sal a la terraza y envíame una palabra. Yo haré lo mismo». Sí, jugábamos a adivinarnos el pensamiento. Y aunque nos lo prohibieron, seguíamos haciéndolo clandestinamente. «Tú eres diferente», solía decir.

En realidad, lo único diferente ha sido el trato que me ha dado en el testamento. Soy la única que se va de vacío. Y aunque agradezco la caja de plata, no puedo disimular mi decepción.

Hoy he ido con mi prima Susan a la casa de la abuela. No quería ir sola a recoger el espejo y la caja. No tenía fuerza para enfrentarme al silencio de un hogar deshabitado, pero creo que no ha sido buena idea. La verborrea de Susan ha sido desesperante, hasta el punto de desear el silencio, ese silencio que tanto evitaba. Incluso ha calculado en más de ocho mil euros lo que le corresponde por los bonos.

—Pobre abuela, qué vida tan aburrida ha tenido. Da grima pensar que pasó toda su vida entre estas cuatro paredes —dijo Susan.

—Yo creo que era una mujer muy especial —le respondí—. ¿Recuerdas que desaparecía dos meses al año? Nunca supimos dónde iba.

Y mientras Susan recorre las habitaciones quejándose de todo y cerrando las puertas, el aire va abriendo las ventanas, como si abrazara la casa, como si quisiera quedarse un rato más allí.

—¿Has acabado ya, Lua?

—No. Déjame un momento más.

Me despido de algo más que de una casa, me despido de la abuela, me despido de una parte de mí.

Llevo dos horas delante de la tarta. Me resulta grotesco y difícil comer algo que han cocinado para ti semanas antes de morir. Cómo librarse del enfado cuando al mismo tiempo echas tanto de menos a una persona. Paso del rencor al amor en segundos. No sé si tirar la tarta a la basura en señal de protesta o comérmela y sentir a la abuela en cada bocado. Pongo la mesa, recojo la mesa, lleno copas, vacío copas, me levanto, fumo, pongo música, enciendo incienso, vuelvo al frigorífico, miro la tarta, bebo más vino, abro otra botella. No encuentro el momento de empezar a comer.

El bizcocho está perfecto, pero las fresas al descongelarse han dejado un rastro rojo sobre la nata, como una herida sobre la nieve. El cuchillo no corta, traspasa la primera capa de crema, pero después choca con algo. Sobre la mesa, la gran tarta sufre una disección. En el centro, un pañuelo azul envuelve algo. Mi corazón se acelera, aquello parece moverse o quizá es el alcohol lo que provoca que todo gire a mí alrededor. Con cuidado lo desenvuelvo, algo brillante asoma, algo que jamás había visto en mi vida, salvo en las películas. Un diamante enorme. ¡La tarta esconde un diamante! Junto a él, hay una llave con una dirección. La llave me resulta familiar: en los últimos viajes la abuela siempre me pedía que revisara su bolso de mano y esa llave siempre estaba metida en un bolsillo de interior. Bajo la tarta hay una nota plastificada con un lazo violeta y una dirección escrita:

«Lua Borque. Via del Proconsolo, 3. Venezia».

Por el otro lado de la nota hay un dibujo de la caja de plata. Con la llave en la mano y el corazón acelerado abro la caja que me dejó en herencia. Dentro hay una escritura a mi nombre de un palacete en Venecia. Un palacete de mil metros a orillas del Lido.

La radio del vecino me despierta con la frente empapada de la nata derretida sobre la mesa. Me cuesta levantarme y recordar lo que ha pasado, no sé si ha sido un sueño o fruto del alcohol, pero en el bolsillo de la chaqueta aparece algo brillante. Miro de nuevo y sí, el diamante sigue en su sitio, la escritura del palacete y la carta de la abuela también. Hasta dejó la fecha exacta y el nombre del notario al que debo visitar. Lo tenía todo previsto.

Debía de estar muy cansada cuando escribió la carta, como si estuviera librando una batalla contra la enfermedad o contra las emociones. Algunas palabras están escritas con fuerza, casi traspasan el papel, pero otras apenas pueden leerse. Con letra dorada se despide: «Querida Lua, ahora te toca jugar a ti...». Me la imagino escribiendo de noche, con la melena suelta y un cigarrillo pegado al labio, me la imagino bebiendo una copa de vino, me la imagino sonriendo, también llorando. A veces creo que la tengo muy cerca, justo detrás, apartándome el pelo de la nuca. Y otras la siento lejos, tan lejos que me cuesta distinguirla. Y es entonces cuando el dolor me llena de arañazos.

Tengo que descubrir quién era mi abuela, qué misterio hay detrás de su último juego. Cuál es la razón de la herencia que me ha dejado. Necesito saber qué hacía en aquella casa. ¿Qué me está pidiendo que haga yo ahora? Debo adivinar el pensamiento de alguien que no está, pero que sigue estando. Empiezo a jugar con ella, como cuando era niña. Una vez más.

Buscando a Seán

Tréboles verdes en la fachada, un arpa grabada en el cristal del escaparate y un apellido impronunciable en la puerta aclaraban todas mis dudas. Aquel era el pub irlandés donde había quedado. Hacía frío, 3º grados en la calle, pero, nada más entrar, una bocanada de calor te empujaba hacia delante. Me senté en la parte más recogida del local, junto a una pequeña alacena llena de jarras de colores, en una mesa para dos personas. La luz era perfecta, suave, ligeramente amarilla. El local estaba decorado con cerámica irlandesa, instrumentos musicales y fotografías antiguas de Dublín. Sobre el mostrador una enorme tarta de chocolate y un bizcocho de zanahoria y coco. Aquel lugar me gustaba cada vez más.

Nos habíamos citado allí. Por fin iba a conocer a mi padre biológico. Después de muchas dudas, decidí buscarlo y lo encontré. Mis padres adoptivos jamás me contaron nada sobre mi origen. Después de mucho investigar, he podido saber que mi madre murió al poco de que yo naciera y que mi padre no supo de mi existencia hasta pasados varios años. Imagino que debió de ser impactante para él descubrir que tenía una hija, que esa hija había sido dada en adopción, imagino también que le reconfortaría saber que esa niña era feliz con su familia. Tal vez imagino demasiado. Imaginar a veces es huir de la realidad. Imaginar es construir una historia a nuestra medida, una historia que en lugar de golpearnos nos ofrece la mano. No sé si hago o no lo correcto al ponerme en contacto con él, pero necesito saber cómo es. Necesito respuestas a preguntas que revolotean en cualquier momento del día, que aparecen cada noche cuando apago la luz. He llegado a un punto en el que la necesidad de saber se ha convertido en obsesión y la obsesión en dolor de estómago.

Harta de vivir entre dudas, decidí que, si al cumplir la mayoría de edad él no se ponía en contacto conmigo, lo haría yo. Ahora puedo hacer con mi vida lo que quiera, y lo que quiero es arrancarme los silencios. Mi vida necesita historias, la mía.

Estaba tan nerviosa que empecé a beber, y en poco rato vacié dos medias pintas. Había llegado con media hora de antelación con la idea de ver entrar a la gente y adivinar quién era mi padre, antes de que se presentase. Quería tiempo para observarlo. No dejaba de pensar cómo sería. La de veces que había fantaseado con él. Cada cinco minutos echaba una rápida ojeada al pub. Decidí pasarme al agua en lugar de seguir bebiendo alcohol. No sabía que los nervios pudieran provocar tanta sed. Me sentía como una ballena varada en un pub. Además, no paraba de sudar, ni de toser, esa tos nerviosa que cuando viene de visita no te deja ni respirar. No me dejaba hacer nada salvo mirar a todo el mundo, comerme las uñas y beber agua, mucha agua.

Al cabo de unos minutos, entraron un par de adolescentes hablando en voz alto. Discutían sobre fútbol. Y entonces pensé: ¿A mi padre le gustaría el fútbol o el rugby? No, no iba a preguntarle por qué no vino a buscarme cuando supo de mi existencia. No, no iba a hacerlo. Mejor que me lo explicase él más adelante, si es que había un "más adelante". Lo que quería en esta ocasión era mirarle a los ojos y saber cosas sobre él, como por ejemplo si le gusta el fútbol o el rugby, cuál es su comida preferida, su color, cómo es su vida.

Lo único que sabía de mi padre es que era irlandés, que se llamaba Seán, que era músico y que había trabajado durante un tiempo dando clases de piano en Donosti. ¿Sería pelirrojo o rubio? ¿Llevaría barba o patillas largas? Alguien con aspecto de ser mi padre entró, pero no llevaba un pañuelo verde en la mano tal y como habíamos acordado. Seán, mi padre, no quiso enviarme ninguna fotografía suya, a pesar de que se lo pedí por correo electrónico. Yo sí que le envié un par de fotos mías. Apenas había diez personas en el pub. Tres mujeres tomando té, otros tres hombres que por la edad no podían ser mi padre y unos adolescentes jugando a los dardos. Me invadieron las dudas... ¿Y si no venía? ¿Y si tenía mal la dirección? ¿Y si era otro pub irlandés? Cuando acabé el vaso de agua pensé en marcharme, hasta que me di cuenta de que no era la hora, de que aún faltaban unos minutos. Estaba tan nerviosa que no podía estar quieta en la mesa, pensé que un *whiskey* me vendría bien. Un sabor fresco y salvaje me sacudió. ¿Cómo podía haber estado tanto tiempo sin beber *whiskey*? Tenía la sensación de que el aroma salía de mí hasta extenderse por todo el local. ¿Y si mi padre nota que he bebido? ¿Y si cree que bebo mucho? Cómo explicarle que apenas bebo alcohol.

Los nervios rompían su tregua y aparecían otra vez como alfileres desbocados. Al final decidí ir al baño, enjuagarme la boca para borrar mi aliento de *whiskey* y arreglarme un poco. Me quité el sombrero rojo, me peiné hacia atrás, hacia adelante, saqué la cabeza un par de veces para mirar si entraba alguien... Aproveché para retocarme el rímel y los labios, pero el sonido de la puerta del pub me hizo salir a mirar otra vez.

No había entrado ningún hombre con un pañuelo verde. Fue entonces cuando una mujer abrió la puerta del baño. Era una mujer muy atractiva. Me preguntó con un acento precioso qué hora era. Al mirar el reloj se me cayó el bolso con todo lo que había dentro. Se agachó y me ayudó a recoger todo el contenido del neceser que se había esparcido por el suelo. Hablamos sobre la cantidad de cosas que guardamos en los bolsos y que pocas veces utilizamos.

«¿Estás bien?», me preguntó, supongo que los nervios me delataban. «Sí, sí, gracias». Después cogí el bolso y regresé a la mesa, la más discreta del local.

A la hora en punto, justo cuando vigilaba la puerta del pub esperando a que por fin la abriera mi padre, la mujer del cuarto de baño se acercó hasta mí y mirándome a los ojos mostró un pañuelo verde.

«Hola, Beatriz. Seán no ha podido venir, al menos no como tú lo esperabas».

Ha pasado un año desde entonces. Todos los viernes quedamos a cenar en el mismo pub, nos gusta recordar cómo nos conocimos. A él, bueno, a ella, le divierte escenificar mi cara de sorpresa. Yo no he olvidado su mirada llena de miedo, de incertidumbre, pero de seguridad al mismo tiempo. Algún día viajaremos juntas a Irlanda, cuando Seán, mi padre, pueda ser Sinéad en su país sin ningún problema. Usamos el mismo perfume. Y sí, somos las dos pelirrojas y nos gusta el fútbol.

Mary y yo (o cómo dejé de ser muda)

A los tres años me llevaron al médico porque no hablaba, no decía ni mu. Una mañana dije «papá», pero se armó tal revuelo que me callé durante seis meses. Y luego, otros seis meses más... A los cuatro años seguía sin hablar. En aquella época, mi familia nos llevaba mucho al cine. Los primos y yo éramos felices cuando alguien aparecía en casa con entradas en la mano.

El cine del barrio era para mí como una cuna grande y llena de misterio. Allí los adultos de carne y hueso se callaban, mientras los muñecos de la pantalla no dejaban de hablar, de moverse, de reír, de llorar, de cantar... Era hermoso escucharlos. Ellos sí que me entendían, era tan relajante el silencio de los humanos y tan hermosas las voces que salían de aquella pared brillante enmarcada en terciopelo rojo. El invierno de 1967 fue extremadamente frío, tanto que la abuela nos llevó varios días seguidos a ver Mary Poppins. Ir al cine era escapar de nuestras heladoras casas. Cuando las estufas de butano se apagaban nuestro hogar se convertía en un iceberg, entonces nos llevaban a la cama donde un bosque de mantas gruesas nos dejaba incomunicados. Fue así como el cine se convirtió en la mejor guardería del mundo, en un espacio de libertad frente a la cárcel que suponía ir a la cama.

Yo era la más pequeña de todos, debía de ser para mi familia lo más parecido a un paquete con ojos. Me llevaban a todas las sesiones con los primos porque siempre me portaba bien. Se aseguraban de dejarme sentada en un extremo de la fila con un bocadillo entre las manos y, cuando acababa la película, venían a recogerme. Los primos se movían por la sala con total libertad, salían, entraban, cambiaban de asiento, hasta que el acomodador les llamaba la atención, pero yo siempre permanecía quieta en mi butaca, enamorada de aquella pantalla que me hablaba a mí, solo a mí.

Así fue como aquel invierno tan especial pude escuchar muchas veces las canciones de Mary Poppins, tal vez fuimos más de ocho veces a ver a la maravillosa institutriz de niños ricos.

Una mañana, yo, la muda, me levanté temprano, aparté con dificultad y alivio las tres o cuatro mantas que me atornillaban a la cama y dije: «Hola, mamá, supercalifragilisticoespialidoso». De la sorpresa, mi madre se quedó muda y yo empecé a hablar otra vez, así hasta el día de hoy.

Tarde de perros

El día amaneció lluvioso. Tenía por delante un miércoles rutinario: charla con los alumnos, algunas compras, comida con mi madre y visita al refugio de perros abandonados. Los *posits* en la corchera me lo recordaban. Lo que no hacían era avisarme de la extraña jornada que me esperaba, nada iba a salir según lo previsto. Habíamos quedado a las cinco en el puente viejo. Se unían nuevas voluntarias. Quizá unas tres horas serían suficientes para terminar el trabajo. Limpiar veinte cheniles, cambiar el agua, reponer la comida y sacar a pasear cuarenta perros, siempre con cuidado. No se pueden mezclar a los veteranos y a los cachorros con los últimos perros abandonados por los cazadores.

Los pobres habían sido rescatados de un zulo donde llevaban semanas encerrados, llenos de heridas, deshidratados, con úlceras en la piel, soportando la ausencia de luz, y alimentados apenas con pan duro y unos cubos de agua verdosa. El día que acompañamos al Seprona y los liberamos de aquel infierno no pude dormir pensando en ellos y en la crueldad a la que habían sido sometidos. Después de hidratarlos y curarlos en la clínica veterinaria, conseguimos que nos los cedieran y los llevamos al refugio. «Llevará tiempo rehabilitarlos. Será difícil conseguir que los adopten, sus heridas se curarán, pero su sociabilidad no es recuperable», había dicho el veterinario.

Nuria y yo somos las encargadas del cuidado de estos perros. Nadie más puede hacerlo, sólo nos admiten a nosotras. Tal vez porque recuerdan nuestro olor, porque saben que fuimos quienes los sacamos de aquel zulo, rescatándolos de una muerte segura.

Me gusta entrar en sus cheniles, a pesar de que durante unos segundos estoy expuesta a unos colmillos desafiantes, justo lo que me cuesta cerrar la verja. Después, cuando me reconocen, se acercan y empieza un baile de hocicos alrededor de Nuria y de mí. Enseguida nos olisquean la mano o nos rodean nerviosos, hasta que nuestra voz los tranquiliza. Aunque por la mañana esté en algún juicio vestida con traje diplomático y tacones de vértigo, cuando llegan los miércoles por la tarde me enfundo un traje de albañil y unas botas de jardinero y me siento como una amazona con las botas llenas de babas, mierda de perro y alguna que otra garrapata.

En total, el grupo de voluntarias se componía de dieciséis personas, no estaba nada mal para ser un miércoles helador. Nuria me había asignado a una de las nuevas. «Te llevarás bien con ella», dijo por teléfono. «Es una mujer mayor, profesora jubilada de Literatura. Soltera y muy extravertida. Recuerda, a las cinco os recojo a la entrada del puente viejo». Después colgó, sin darme tiempo a preguntarle el nombre de la voluntaria. Nuria es así, exmilitar, directa, rápida y con una clara alergia a hablar por teléfono. Más de una vez nos hemos enfadado por este motivo.

A las cinco menos cuarto llegué a la entrada del puente viejo. Hacía frío, el cielo parecía devorarse a sí mismo por segundos. Encendí un cigarrillo y en la segunda calada asomó Nuria en su coche plateado: «¿Y la voluntaria? ¿Aún no ha venido? Apaga el cigarro y entra. Esperaremos diez minutos; si no viene en ese tiempo, la llamaremos».

A las cinco y diez apareció una mujer alta, pelirroja, envuelta en un anorak color rojo chillón y fumando con boquilla, parecía sacada de un cómic. Cuando se acercó, su cara me resultó familiar, muy familiar. Nuria nos presentó. Después de un breve saludo, nos pusimos en marcha. Marga, que así se llamaba la voluntaria, no paró de hablar en todo momento. Dejó claro que no iba a comprometerse demasiado, pero que le apetecía colaborar de vez en cuando con nosotras. «Ahora tengo tiempo y estoy probando en varias asociaciones, hasta encontrar la que más me convenza». Nuria y yo nos miramos resignadas, supimos que había que cuidarla, que para ella éramos sólo unas candidatas más y que tendríamos suerte si nuestro refugio fuera el elegido. En realidad, éramos como los perros en los días de puertas abiertas, cuando las visitas pasan chenil por chenil hasta elegir uno que llevarse a casa.

Salimos de la ciudad, adentrándonos por la ribera del Ebro hasta llegar al primer pueblo donde hay una gasolinera. Allí teníamos que recoger a otra voluntaria, pero no había nadie. Desde una ventana, un hombre en camiseta nos hizo un gesto obsceno. «Ya está otra vez ese tío haciendo el gilipollas. Habrá que cambiar el punto de recogida. Además, si no somos puntuales, no podemos terminar el trabajo a tiempo, ahora anochece pronto. Si no viene en diez minutos, tendremos que irnos», afirmó Nuria. Fue entonces cuando Marga esbozó una sonrisa heladora y con voz de institutriz victoriana soltó su «vámonos, para qué esperar esos diez minutos». En ese momento me di cuenta de quién era aquella mujer.

La voluntaria que me habían asignado era Margarita Aznar, mi profesora de Literatura en el instituto. Una auténtica desalmada, una mujer insufrible que me había destrozado la vida durante un curso entero. Hacía treinta años que no la veía, no había vuelto a coincidir con ella nunca más. Y allí estaba, delante de mí, la profesora que me suspendió todos los exámenes, exámenes que pedí mil veces repasar con ella, a lo que se negó repetidamente. Tuvo que ser la directora del instituto la que finalmente le exigió que hablara conmigo, que me concediera una reunión.

¡Y qué reunión! La recuerdo como si fuera ayer mismo. Se presentó con su melena pelirroja, sus labios perfilados en marrón oscuro, su falda ceñida y sin nada en las manos.

«Lo siento, no encuentro tus exámenes por ningún sitio. Mi asistenta ha debido tirarlos a la basura en la última limpieza que hizo en casa. Mantengo tu suspenso, a estas alturas del curso no vamos a repetir exámenes. Tienes la oportunidad de sacar un diez en la próxima evaluación. ¿Alguna cosa más?» Después encendió un cigarrillo, miró a través de la ventana y se ajustó las medias con una frialdad que me impresionó. Salí asustada de allí, me sentí como una perra humillada, abandonada a su suerte.

El examen de junio lo preparé con tanto esmero que casi me vuelvo loca repasando las lecciones, pero fue inútil. Lo que debía ser un notable alto o incluso un sobresaliente se quedó en un suspenso, lo que resultó aún más ultrajante, ya que prácticamente toda la clase obtuvo notables y sobresalientes. Aquella mujer había decidido que yo debía suspender. Por alguna razón que no podía entender la había tomado conmigo.

Me dijeron que hacía siempre lo mismo, que cada curso elegía a una víctima. Aquella vez me había tocado a mí. No sé el tiempo que duró mi odio hacia ella, pero no exagero al decir que fueron muchos, muchos años.

Llegamos por fin al refugio. Un terreno extenso y ahora poblado de árboles que daban sombra en verano y que frenaban el viento en invierno. Allí estaban el resto de las voluntarias trabajando. Recuerdo que me temblaron las piernas cuando salí del coche y tuve a mi exprofesora delante de mí. Cara a cara, después de tanto tiempo.

«Ocúpate de Marga», gritó Nuria, «tengo que ir a por más pienso al almacén y hablar con el veterinario para que nos haga facturas. Tardaré un par de horas». Y desapareció al volante a toda prisa, sin darme tiempo a preguntar o replicar, como hacía siempre.

Poco después, la mayoría de las voluntarias, que habían llegado antes que nosotras, acabaron la limpieza de sus cheniles y se fueron en tres furgonetas al pueblo a tomar café. Nos quedamos solas mi exprofesora y yo.

«Marga, vamos a meter a los perros en sus casetas poco a poco. Después cerraremos bien la puerta. Por favor, no te acerques al chenil número 10, son perros especiales. Está oscureciendo, voy a dar más luz, vuelvo enseguida».

De poco sirvió mi advertencia. Nada más darme la vuelta, Marga aprovechó para abrir el chenil número 10, el de los perros maltratados por los cazadores que habíamos rescatado de un zulo infernal. Desoyendo mis palabras, Marga había entrado con un paquete de comida y un cigarrillo al chenil más peligroso.

Un chillido agudo seguido de ladridos me hizo pensar en lo peor. Di las luces y regresé corriendo. Allí estaba ella, tirada sobre un montón de mierda y acorralada por diez perros. Yeti, el mayor de todos, al que un cazador había arrojado a un pozo, la tenía agarrada del pantalón. El resto la rodeaba mostrando sus generosas mandíbulas llenas de espuma, la espuma del miedo, del maltrato sufrido. Y por un momento dudé. Dudé si entrar de inmediato al chenil y liberarla del mal trago o esperar, esperar unos segundos hasta verla sufrir un poco. Después de todo, unos instantes de sufrimiento no eran comparables a un año entero de suspensos y humillación en el instituto. Y así estuve, solo fueron unos segundos, no muchos, pensando en que, por algún extraño azar del destino, aquella profesora amargada que tanto me había hecho padecer estaba en mis manos, mejor dicho, en las mandíbulas de los perros más maltratados del refugio. Sabía que Yeti dejaría de ladrar enfurecido en cuanto me viese entrar, se acercaría a mi lado en busca de una caricia y daría orden al resto de la manada de retirarse y dejar libre a su presa, que ahora era también mi presa.

Aquellos segundos fueron los mejores del año. De vez en cuando me gusta recordarlos...

No mires a los ojos de la gente

La lluvia había cesado. Un sol espléndido asomaba por la ventana recordándome la ausencia de pretextos para no salir con los amigos. Pasear a la perra, el mal tiempo o el exceso de trabajo habían sido las excusas perfectas para quedarme en casa y ejercer de huraña social. Pero me acababan de despedir del laboratorio y Estrella estaba en el campo con mis padres, así que no tenía más remedio que desempolvar la mejor de mis sonrisas, calzarme unos generosos tacones y salir al mundo. Conversar con los amigos de cosas cotidianas y enterarme de los últimos chismorreos formaban parte del guion de la velada. Puro teatro, sainete o incluso drama. Todo depende del número de whiskies.

Atravesé la larga y animada calle donde vivo. Mientras camino, suelo entretenerme afinando el olfato. El olor a especias de las teterías árabes, el dulce aroma de los puestos de fruta exótica o de las casas de comidas del mundo se mezclan con el concentrado de limón de las lavanderías y el incienso del locutorio. Comercios nuevos que conviven con el viejo estanco y el típico bar de toda la vida.

Al final de la calle me llamó la atención un grupo de gente muy joven que discutía en voz alta. Uno de ellos se acercó hasta mí para preguntar por la dirección de una armería. Iba a responder, pero las abundantes cruces gamadas, la enorme pegatina de «no a la inmigración» y las doscientas chapas con simbología fascista que colgaban de su ropa militar me bloquearon por un momento. Aquella armería se hallaba al final de la avenida principal y para llegar a ella había que atravesar la pastelería de Niuska, la tetería de Rachid, el almacén de ropa de segunda mano de Li Ping, el asador de tío Buggi, el restaurante de Edith, etc. Me los imaginé recorriendo el barrio con sus lemas de racismo puro y me asusté.

«No, no sé dónde está», mentí. Y continué caminando hasta que, a la vuelta de la esquina, otro hombre, esta vez con acento francés y aliento de caverna, me paró para preguntarme por la armería otra vez. Llevaba la cabeza rapada, muchos tatuajes y una cerveza de litro en una bolsa. Esta vez mi respuesta fue distinta: «Sí, la conozco, pero está un poco lejos». La dichosa armería estaba tan sólo a unos minutos. Pero mi respuesta fue: «Justo ahí tienes una parada de autobús, el número 34 va directo. En la última parada encontrarás la tienda».

«¿Estás segura?», contestó. «Me han dicho que estaba cerca de aquí». Me impactaron sus ojos azules con puntitos violetas, eran tan cálidos y hermosos, aunque no lo suficiente como para desviar la atención de sus dientes rotos y amarillentos y, sobre todo, de la repugnante esvástica de su brazo.

«Sí, tienes razón, lo estaba», le respondí. «Pero hace tiempo que se trasladaron. Ahí enfrente tienes el autobús que te llevará directo a la armería. Está en la última parada. No tiene pérdida».

«*Mercí*», contestó. Después silbó a sus colegas y les dio instrucciones.

Tras comprobar cómo subían al autobús una docena de jóvenes neonazis, me alejé a toda prisa de allí. El autobús número 34 se dirige al cementerio de la ciudad. La última parada no sería la armería que buscaban, sino el viejo cementerio que acoge a los soldados alemanes que murieron en la Guerra Civil española.

De camino al pub, me encontré a Julia saliendo de la redacción del periódico. Le conté que me había encontrado a un montón de neonazis por la calle, aunque no le comenté el resto de la historia. Julia me explicó que un concierto de punk congregaba en la ciudad a organizaciones de extrema derecha de varios países. Poco antes del acto habían golpeado a todo el que se cruzaba en su camino. Les partieron la cara a dos jóvenes senegaleses, tuvieron que hospitalizarlos. No hubo detenidos. Horas después recordaría esta información.

Domingo, cinco de la mañana. Aún medio dormida, acompañé a mi madre a la estación de autobuses. Ella y mi hermano se iban unos días a Londres. Sentadas en los carcomidos asientos de la estación, repasaba con ella algunas palabras en inglés. Entre risas, mi madre repetía lo mejor que podía un inglés de última hora, y además muy, muy personal. Fue entonces cuando un hombre entró corriendo en la sala y nos preguntó por un andén, parecía estar en apuros. Cuando subí la cara para contestarle, identifiqué al joven neonazi de ojos azules y puntitos morados que unas horas antes me había preguntado por la armería, el mismo al que había enviado junto al resto de su grupo a un autobús que los llevó al cementerio, a las afueras de la ciudad.

Es imposible, me repetía a mí misma. No puede ser él. Bajé la cabeza asustada, mi único horizonte eran unas botas con puntas afiladas capaces de hacer picadillo el hígado de cualquiera. Durante unos segundos esquivé como pude su mirada.

«¡Tú, eres tú!», gritó en voz alta. El tipo me había reconocido.

Lo siguiente que vi fue la camisa que llevaba por fuera y que estaba manchada de sangre en los bordes. Después sentí un tirón que me arrancó de la silla seguido de un golpe en la pared. Con una mano me agarraba el cuello del abrigo, con la otra abría el bolsillo de su cazadora de donde salía algo puntiagudo. Un silbido y en unos instantes la destartalada sala se llenó de jóvenes nazis.

El fin de semana había terminado y los asistentes al concierto punk regresaban a sus casas. Unos treinta hombres nos rodeaban. Tenían aspecto de estar cansados, salvo el que me agarraba del cuello que seguía mirándome sin pestañear, como un águila a punto de lanzarse sobre su presa. Mi madre se levantó para ayudarme y se llevó un «cállese, vieja» con empujón incluido. Aquel desgraciado me había preguntado dos veces en menos de doce horas. Encontrarse a la misma persona en una ciudad de más de medio millón de habitantes es mucha casualidad. Demasiada. Necesitaba un plan, un plan urgente para salir de allí.

Plan A. Podía intentar soltarme del tipo dándole una patada en la entrepierna y coger del brazo a mi asustada madre y echar a correr, pero mi madre tiene 69 años. No llegaríamos ni a la puerta.

Plan B. Debía simular algún tipo de enfermedad, una locura evidente que hiciera que este hombre que me preguntaba sin cesar por direcciones de armerías o andenes se apiadara de mí y decidiera no vengarse, pensando que era una pirada sin más.

Plan C. No, no tenía un plan C.

De los altavoces salieron las mejores palabras del mundo. «Último aviso, repetimos, último aviso: El autobús con destino a Barcelona está próximo a salir». Los neonazis se dirigieron en bandada hacia el autobús. Parecían ñúes cuando cruzan el río, golpeándose unos contra otros. Todos salieron corriendo. Todos menos uno.

«Tú nos mentiste, hijaputa. Tú»

El autobús cerró las puertas y empezó a maniobrar para arrancar. «Tienes suerte, no tengo tiempo de...». Me soltó del cuello y echó a correr. Cuando llegó mi hermano, nos encontró en estado de shock. Mi madre apenas pudo susurrar: «¿De qué conoces a esos energúmenos?». Los energúmenos se despidieron enseñando el culo por el cristal de la ventanilla. Ellos se fueron, pero el miedo se quedó con nosotros durante un buen rato. Dejé a mi familia embarcada camino del aeropuerto de Barajas y regresé al barrio caminando sin levantar la vista del suelo, así disminuía la posibilidad de que alguien me hiciera preguntas. El dulce olor de las especias árabes y el sabor de la yuca con menta me acogieron de nuevo en mi particular Babel. Había añadido a mi lista una nueva excusa para no salir de casa: la posibilidad de que hubiera un concierto de neonazis en mi ciudad. Sin duda, una excusa importante.

Frontera

Un murmullo alegre de turistas y mapas ocupa el ala oeste de la sala. Han llegado en grupo, cierran paraguas e intercambian tarjetas. Los acompaña un aroma a tiempo libre, a bufé de hotel, a días con ruedas de maletas. Han extraviado sus pasaportes. Nosotros, en cambio, estamos al fondo, hay un par de palanganas en el suelo y carteles rotos en las paredes. Incertidumbre, cansancio, visados. Nuestro rincón es como un gran armario donde nos meten a todos, para esperar en silencio. Un gran silencio, sólo roto por la palabra «¡siguiente!».

Mi documentación y yo nos miramos. Se acerca el momento de nuestra puesta de largo. Atrás quedará la guerra, el campo de refugiados. Atrás, el tiempo de arrastrarse por embajadas, despachos de abogados, comisarías de policía, sedes de ONG, sucursales de correos, oficinas de información para extranjeros, delegaciones del gobierno... Atesoro una carpeta llena de firmas y sellos. El futuro se disfraza de asilo, de permiso de residencia, de permisos especiales. Estoy a un paso de convertirme en mi sueño.

Tras la ventana, la ciudad despierta ajena a la emoción de quienes la ansían, ajena a los nervios de quienes pasan la noche esperando turno. El país que quiero habitar me mira libre de sospechas, parece un lugar amigo. Merecen la pena los meses y meses buscando papeles, encajando la documentación como si fuera un puzzle de mil piezas que se confunden unas con otras. Hace ocho meses cuando escapé del último refugio, el tercero en dos años, no sabía que íbamos a ser dos esperando. Ahora, si todo va bien, dentro de treinta días seremos tres: tú, el visado y yo. Y miraremos desde lejos este lugar, con el desdén de los que han conseguido su propósito y huyen lejos del frío y el miedo.

Frente a una mesa repleta de papeles y tazas de café, espero mi turno. Una luz huesuda entra por las ventanas, parece una luz cómplice. Todo irá bien, repito en silencio, todo irá bien, hasta que la voz pantanosa del agente de policía Strimber clava sus alfileres en mis apellidos. Se levanta bruscamente de su mesa y rastrea la sala, como un halcón en busca de alimento. Le acompaña un policía joven, casi de mi edad.

—Otra vez por aquí. Cualquier día te ponemos una silla con tu nombre. Te queda poco ya. —Strimber siempre mancha el silencio con su voz de charco. Dudo entre ofrecerle una sonrisa anémica o seguir mirando las tazas vacías de la mesa—. Veo que has tenido fiesta, no pierdes el tiempo —mira mi tripa con desdén y luego se vuelve a su compañero más joven—: ¿Sabes cuántas veces ha intentado entrar al país en los últimos meses?

Hoy tiene ganas de hablar, parece que se ha bebido todo el café de la ciudad. Suena el teléfono, el agente Strimber se aleja deprisa hacia su despacho y nos deja solos frente a frente.

—Si quieres puedes sentarte hasta que vuelva, estarás cansada. —El policía más joven se presenta—: Me llamo Rex. —Luce unos dientes tan resplandecientes como la placa de su uniforme—. ¿Cómo te llamas?

—Adele. Prefiero quedarme de pie, gracias.

Rex mira mi tripa de reojo, incluso hace ademán de ir a por un vaso de agua, pero la voz del policía Strimber chillando al teléfono le para en seco y permanece quieto a mi lado. Strimber sube el tono, cada vez más alto. Otro policía con un fax en la mano entra en el despacho y cierra la puerta de un golpe. Algo metálico se estampa contra el suelo. Inmediatamente después entran dos agentes más, a los pocos segundos un coche que junto a una furgoneta de policía aparcan en la entrada. Llevan esposado a alguien. Más teléfonos sonando, sirenas, gente que entra y sale. El ruido de la cafetera compite con los pitidos del fax. Uno de los flexos estalla, la señora de la limpieza recoge los trozos de cristal que han caído esparcidos por el suelo húmedo. Los turistas se fueron hace rato. Un autobús les esperaba cerca. Detrás de mí una fila de hombres y mujeres esperan como yo a que todo vuelva a la normalidad. Sólo un guardia nos acompaña. Siguen reunidos en el despacho. Llueve con fuerza, fuera y dentro.

Cuando salen de la reunión, regresan a sus puestos en silencio. Rex se despide de mí como si estuviera en un supermercado y no en una comisaría de frontera. Una mujer policía me lleva a un segundo piso, tiene el pelo color ceniza y no deja de mirar mis zapatos. Me quedo sola en un despacho pequeño, con dos sillas y una ventana por donde se ve la ciudad. Esa ciudad que a veces parece cerca y otras tan lejos que cuesta divisarla en el horizonte. Al cabo de unos minutos entra un agente nuevo, no recuerdo haberlo visto antes. Apenas saluda, parece tener mucha prisa y poca paciencia. Sostiene mi carpeta con una mano, mientras con la otra busca en un archivo. Tiene las uñas amarillas y una tos azul metálica. Entre murmullos, sacude mis documentos como si hubiera arena dentro de ellos:

—Falta un permiso y en otro de los documentos hace falta el sello y la carta de confirmación.

—Pero esto no me lo dijeron la última vez que presenté la documentación. El agente Strimber no me informó.

—Entonces no era necesario, pero ahora sí.

—Lo tengo todo, he hecho todo lo que me dijeron en la embajada y el abogado...

Me interrumpe bruscamente:

—Ni tú lo tienes todo. Ni yo tengo tiempo. Si no hubieras entrado ilegalmente al país, no te hubiéramos expulsado. Ahora asegúrate de conseguir los documentos y no vuelvas por aquí hasta que lo tengas todo, ¿entendido?

Una luz estrangulada entra por la pequeña ventana. El día ha cerrado sus puertas antes de tiempo. Oscurece.

El futuro se aleja, yo también... Una vez más, las leyes trepan como arañas sobre mí, dejándome en la otra orilla. Mañana es nunca. Mañana es un dulce de morfina. Mañana.

Una taza de té para tía Bridget

Premio de Cuentos Ciudad de Tudela 2015

Un aroma a incienso degollado irrumpe en la habitación. De nuevo un cielo de alfileres y recuerdos rasga las horas. Sí, otra vez vuelvo a escuchar la voz grasienta y marchita que todos los miércoles venía a visitarnos. Es tía Bridget, decía mamá, cambiaos de ropa y sed educados. La casa oscurece, los nervios apuntan y disparan a quemarropa contra nuestros estómagos. Mientras bajo la escalera, siento cómo de los peldaños brotan raíces que se enganchan a mis tobillos, que se enredan entre la ropa. Cierro los ojos, respiro y abro la puerta. En la cocina mamá prepara el té, parece nerviosa, como todos los miércoles. Al fondo, tía Bridget abre una caja de pasteles de chocolate y nos hace señas para que nos acerquemos a ella. Nos abraza en la oscuridad del pequeño salón. Otra vez el aroma a incienso degollado sobre nuestras nucas. Esto es para vosotros, dice, acercándonos la bandeja, para quitárnosla después, en un juego que siempre se repite. Mientras nos observa con ojos de agua estancada, nos palpa con sus manos de buitre. Estáis algo pálidos, ¿no os habréis resfriado en el colegio? Hay un olor pantanoso en su boca. Nos gustaría escapar, pero mamá dice que debemos ser buenos y sobre todo no hacer preguntas.

Cuando tía Bridget viene a casa, siempre envía a mamá a hacer algún recado al pueblo. Una carta para correos, el perfume de la tienda de Margaret o una apuesta para las carreras de los viernes en el pub de Paul. Entonces nos quedamos a solas con ella y empieza una vez más a contar la historia de Hansel y Gretel, de la casita de chocolate y de cómo los dos hermanos una vez engordados con deliciosos dulces se convirtieron en el mejor manjar que la bruja del bosque hubiera probado. Todos los miércoles nos cuenta el mismo cuento. Y mientras habla, apunta su barbilla contra la tripa de mi hermano pequeño, o cuela sus dedos como garfios por debajo de mi falda. El tacto metálico de sus dedos siempre duele. A veces no puedo ni moverme, es como estar clavada a su mano. Y si me muevo, me tapa la boca. Mientras nos toca, suda, tose y se le ponen los ojos en blanco. Cuando aparece un surco de saliva blanquecina en la comisura de su boca, significa que el juego ha terminado. Durante unos minutos el mundo se apaga. Mamá cada vez tarda más en volver. ¿Por qué tarda tanto?

Antes de regresar mamá, tía Bridget se arregla el pelo, un mechón suelto, alguna horquilla que se ha movido. Después, las dos conversan un rato, hacen cuentas, miran documentos y escriben en una cartilla beige. Mi hermano y yo, inmóviles sobre el sofá, miramos el reloj. Cuando por fin tía Bridget se va, deja un sobre en el escritorio. Comed, no dejéis de comer, que el invierno va a ser muy frío, dice al despedirse. Una sombra recorre el rostro de mamá.

El nuevo médico dice que no debo ponerle nombre a la comida, ni entablar conversación con los pasteles ni con el resto de alimentos. Yo hago como que le escucho, él se hace más pequeño y viejo en cada visita. Los dos, mi madre y el doctor, no dejan de mirarse a mis espaldas, dicen que debo comer, que es importante para mí. Mientras escribo en mi diario, un aroma oscuro invade la habitación. Me falta el aire y me sobran los recuerdos. Ayer la enfermera pronunció esa palabra tan desnuda, tan metálica...

Hace unos días encontraron el coche de tía Bridget en el fondo del río. La sequía había dejado un paisaje extraño. Viejas máquinas de la fábrica clandestina, un par de puertas de la carpintería de Arthur, piezas del taller de Iona y el cuerpo de tía Bridget. Dice la policía que tenía la mano destrozada, le faltaban tres dedos. Me la imagino en el fondo del río intentando abrir la puerta del coche, luchando con todas sus fuerzas. Si cierro los ojos, hasta puedo escuchar un sonido de huesos rotos chapoteando en el agua.

La última vez que vino a visitarnos fue hace dos años. Aquella tarde me arañó con sus largas uñas al abrocharme apresurada la blusa. Yo le pedí a mamá que me dejara preparar el té que tía Bridget solía llevarse de vuelta a su casa. Una hora y media de camino por carreteras polvorientas sin beber su infusión preferida era algo impensable para ella. Antes de marcharse le llené su taza de porcelana rusa. Recuerdo que bebió lentamente, mientras sus ojos de ciénaga nos miraban. Después se metió en el coche con las medias mal colocadas, los boletos de apuestas en la mano y el termo de cuadros rojos lleno de té para el camino con su vaso de ositos y pingüinos. Esa noche mamá buscó sin éxito sus pastillas para dormir. No me vio enterrar el bote vacío en el jardín, en mi rincón favorito. Anduvo varios días buscándolas. Desde entonces no las ha vuelto a tomar. Tía Bridget desapareció esa tarde y no se supo nada de ella. Nada, hasta hoy.

Tercera parte
Retazos de literatura y vida

© Foto: Columna Villarroya

ANA RIOJA JIMÉNEZ

Nació en Tudela (Navarra) en 1962. Licenciada en Periodismo por la Universidad de Navarra, desde 1985 reside en Zaragoza, ciudad en la que han nacido sus tres hijos. Periodista de profesión, escritora por vocación y bloguera por divertimento, son tres facetas relacionadas con su pasión: la escritura.

Por encargo del Gobierno de Aragón, en 1993 vio la luz su primer libro, la biografía *María de Ávila,* en la colección *Memorias de Aragón.* Ha publicado las novelas *Julia, rayo de luna*" (1996), *Esa mujer no es para ti* (1998) e *Y Dios creó el corazón de los periodistas* (2000). Todas ellas editadas por Huerga & Fierro.

En 2004 publicó el libro *Sueños, títeres y corazones*, editado por Teatro Arbolé. En 2010 vio la luz *Miguel Ángel Berna se escribe con J* (Luna Nueva Editorial). En 2018 escribió *Civi-Civiac y su mundo mágico* (Gráficas Editores), su primer libro para niños, un hermoso álbum ilustrado por Mamen Marcén. Es coautora de cinco libros de relatos. www.anarioja.com / www.cincuentayears.com

No soy nada.
Nunca seré nada.
No puedo querer ser nada.
Aparte de esto, tengo en mí todos los sueños del mundo.
FERNANDO PESSOA

Y es seguro que los amigos se reencontrarán,
después de algunos momentos o de todo un ciclo vital.
«Ilusiones», RICHARD BACH

Mis relatos, en este libro, son como retazos, o pequeñas piezas de un puzle, que conforman la infancia y la adolescencia que definen a una mujer de sombrero rojo y alma con vistas al mar. Las historias se suceden, casi cronológicamente, con pasajes de una vida en la que están muy presentes la familia, el amor, la amistad, la lectura, la literatura, el periodismo... Hay en estas historias el ansia de que sucedan cosas extraordinarias, de romper con una existencia anodina, de que la vida sea otra cosa, que solo ha calmado la literatura con el paso del tiempo.

ANA RIOJA JIMÉNEZ

El tobogán de madera

Como Bukowski en *La senda del perdedor*, una de las primeras imágenes que yo también guardo en mi memoria son los juegos infantiles junto a mi hermano debajo de la mesa del comedor. Él era John, yo Johny. Y hablábamos raro, como en las películas del Oeste de la Sesión de Tarde de los sábados.

Debajo de aquella mesa había todo un mundo. Los pies de mis padres y abuelos, que eran los indios, alguna carta de la baraja que se caía o fichas del parchís. Con suerte, hasta alguna peseta. Y cuando se despistaba algún adulto, salía de nuestro escondite y me bebía el café que había quedado en el fondo de alguna taza.

—¡Otra vez!, ¡que no lo vuelvas a hacer! Será posible que le guste el café y que me haga sufrir tanto para que se beba la leche.... —se desesperaba mi madre.

Al final, terminábamos riñendo, porque ya me cansaba de ser Johny.

—Ahora toca jugar a las princesas —refunfuñaba yo, y mientras iba a por las toallas para hacer unas capas, mi hermano escapaba de la tortura de ser un príncipe, salía de nuestro refugio y se ponía a leer tebeos.

Yo aún no sabía leer, pero me gustaba ver los dibujos de esos dos gemelos, Zipi y Zape, que hacían verdaderas fechorías. Nosotros a su lado, unos aficionados.

Unos años después, esos tebeos que tanto le gustaban a mi hermano, nos introdujeron en el mundo de la lectura, de la fantasía y del silencio para alegría de nuestros padres. En verano, odiábamos las siestas, quizá porque era cuando más provisión de tebeos teníamos.

Los comprábamos los domingos después de misa y, una vez leídos, los descambiábamos en una pequeña tienda, junto a un establecimiento lleno de jaulas y de pájaros que me producía una enorme tristeza, y que intentaba pasar corriendo para no verlo, en una calle jalonada por casas de poca altura y ventanas abiertas en las que se escuchaban los sonidos de la radio, con canciones y soniquetes publicitarios, que se quedaron grabados para siempre en mi cerebro.

—Zaragozana y ámbar dos —oía sin saber a qué se refería.

—Yo soy aquel negrito, del África tropical... —me encantaba esa canción, aunque odiaba el cola—cao.

Mi hermano siempre ha tenido una memoria prodigiosa y nunca cogía un tebeo repe. Hasta que llegamos a los cómics recomendados a partir de 7 años, *El capitán Trueno* y *El Jabato*, esos sí que eran chulos con esas frases tan heroicas:

—¡Santiago y cierra España!

Que hoy serían muy mal, pero que muy mal interpretadas.

Después, compartimos la colección de libros de Bruguera con títulos como *El último mohicano, Tarzán, Marco Polo, Los viajes de Gulliver* ... Y ya nuestros gustos se diversificaron. Yo descubrí los versos de Bécquer, Machado, Miguel Hernández...; y mi hermano se aficionó a la historia.

A los grandes escritores como Dumas, Dostoievski o Tolstói, llegué a través de las novelas de la tele. A mi madre le encantaba el teatro, los *Estudio 1* de los viernes (que no llegué a ver porque no eran de mi horario) y las novelas de las ocho de la tarde, antes de cenar. Esas sí que me gustaban. Las veía echada en la alfombra, mientras hacía los deberes: *Los tres mosqueteros, El Conde de Montecristo, Crimen y Castigo, Ana Karenina, El Idiota* ...

En el colegio, jugaba con mis amigas a recrear esas aventuras a nuestro modo, y nos pasábamos el recreo corriendo de un lado para otro. Los columpios eran barcos y el tobogán, un castillo. Me gustaba mucho jugar en aquel tobogán de madera, que tuvieron que quemar las monjas porque se salió un clavo y me rajó toda la nalga derecha, literal y sin exagerar, de arriba a abajo.

Nos despedimos de aquel tobogán y de buena parte de nuestros juegos como si asistiéramos a un funeral; yo con todo el culo dolorido, en un lado la raja, y en el otro la inyección contra el tétanos.

La llamada de la radio

De las bandas sonoras que acompañaron mi infancia, además de los trozos de zarzuelas y romances que cantaba mi madre, y que a mí tanto me gustaba escuchar, y de los discos de Ray Conniff que ponía mi padre cuando llegaba a casa, la que siempre estaba con nosotros era la de la radio.

La radio sonaba con fuerza en todos los hogares, especialmente por la mañana cuando la tele comenzaba su emisión por la tarde-noche, y se colaba por las calles en un tiempo en el que la gente vivía con las ventanas abiertas.

La música, los partes, las radionovelas, los anuncios, los discos dedicados, el carrusel deportivo me perseguían por todos los rincones de la casa: el salón, la cocina, el baño, el dormitorio de mis padres con aquellos transistores y radiocasettes que se instalaban en cualquier lado.

Crecí escuchando la radio, con novelas como *Simplemente María* y *Lucecita*, que oía en verano después de comer, sobre todo en casa de mi abuela, y de las que aún recuerdo la melodía que anunciaba cada capítulo. A esa hora no se podía hacer ni un ruido.

—Pero yaya, es que tengo que hablar contigo —le pedía yo.

—Calla solo media hora, o ve a echarte la siesta —me contestaba.

Entonces yo aprovechaba para bajar a la calle y jugar en el portal con Juli a los cromos, entre susurros. Hasta las seis de la tarde no podíamos jugar al balón, ni a la cuerda, ni cantar. Los vecinos se echaban la siesta y menudo genio tenía una tal Anita.

—¿Entre los pecados más gordos no está el de molestar?, porque vosotras vais a ir al infierno —nos gritaba desde la ventana.

Una tarde no hubo siesta. Ahí estaba toda la familia, pendiente de la radio y del teléfono. Mis abuelos, mis padres, mi hermano y yo. El teléfono estaba colgado en la pared del pasillo de la casa de mis abuelos, colocado a una altura a la que no llegaban mis manos de niña, porque solo se utilizaba para temas muy urgentes o importantes, llamar al médico o a los tíos de Pamplona y Barcelona.

Era muy protagonista y muy serio aquel teléfono, pero ese día, mucho más. Iban a llamar de la radio para que mi madre participase en un concurso que patrocinaba el detergente Tu-Tú, en el que podía ganar muy buenos premios. Su carta, con los cupones de cartón del mítico jabón, había sido seleccionada en un sorteo.

Sonó el teléfono y mi abuela cerró la puerta de la salita para escuchar la radio, que había colocado en el centro de la mesa de camilla, y dejar a mis padres solos y tranquilos en el pasillo.

Una voz solemne y penetrante, pero a la vez muy familiar, porque se escuchaba todas las tardes en mi hogar, justo después de la radionovela, saludaba a mi madre.

—Y ahora vamos a hablar con la persona que ha enviado la carta que ha sido seleccionada esta semana para concursar con nosotros. Ya la tenemos al otro lado del teléfono. Hola...

No sé qué más le dijo. Solo recuerdo a mi madre diciendo:

—El 7, elijo el número 7.

Y la alegría y el alborozo a un lado y otro del teléfono. Había ganado un crucero por el Mediterráneo.

Aquel viaje figuró entre los mejores recuerdos de mis padres, que desgranaban en las reuniones familiares.

Un jabón sin lavadora, un teléfono negro y brillante, y una mítica voz de la radio les dieron a mis padres momentos de felicidad durante años.

¿Cómo no iba a amar a la radio, que curaba soledades y había hecho tan feliz a mi familia?

Fidel, Fidel...

Vinieron de Cuba con lo puesto. Llegaron, como escribía el poeta, con tres heridas: la de la vida, la de la muerte, la del amor.

La de la vida, que luchaba por latir, aunque les habían despojado de todo.

La de la muerte de unos sueños por los que ya no valía la pena luchar.

La del amor a la familia, que seguía allí, en la tierra madre y que les acogía con los brazos abiertos.

Ninguno de los tres había nacido en España. Y llegaban a este país, aún en blanco y negro, en el invierno de 1972.

Ya en el aeropuerto de Barajas, el frío había golpeado con crueldad sus rostros morenos, los de un matrimonio y su hija de 14 años, curtidos durante tantos años en una tierra de sol.

—¿Y los abrigos? —les preguntó mi tío, que había viajado a Madrid para esperarlos en el aeropuerto y traerlos a casa.

Las lágrimas asomaron en la cara de ella.

—No nos quedó dinero ni para comprar gabanes

Era diciembre, se acercaban las Navidades y ese mes quedó para siempre grabado en mi memoria como el del destierro. Toda la familia nos habíamos reunido en casa de mis abuelos para darles la bienvenida, pero aquella no fue una llegada feliz, en sus caras pesaba más la tristeza y la humillación, que la alegría del encuentro.

Para ellos fueron unos días tristes, sombríos, y aunque todos nos esforzamos para que su estancia fuera agradable, apenas los vimos sonreír. Mi tío nos presentó a tres personas maltrechas, enfermas, porque llegaban con tres heridas. Un hombre, una mujer y una niña irrumpieron entonces en nuestras vidas. El termómetro marcaba bajo cero, sus corazones estaban helados y no llevaban ropa de abrigo.

«Fidel, Fidel, al que asome la cabeza, duro con él» ...

«Fidel, Fidel, al que asome la cabeza, duro con él» ...

Ella era la única hija del tío Domingo, el hermano menor de mi abuela, que se marchó a La Habana para hacer fortuna cuando tenía 18 años. Se fue a Cuba, a un lugar en el que entonces todo era posible.

Pero con la llegada de Fidel Castro al poder, el Estado les había confiscado todos sus bienes y había nacionalizado sus empresas a cambio de unos papeles que no valían nada, aseguraban con los ojos rojos y la impotencia en la voz.

—Aquí están, sesenta años de la vida de mi padre al que el benevolente Dios se llevó a tiempo para ahorrarle tanto sufrimiento —decía ella, mientras los esparcía por la mesa camilla de la salita de casa de mis abuelos.

«Franco le pidió a Fidel dinero para un seminario» ...

«Franco le pidió a Fidel dinero para un seminario» ...

Pasaron las Navidades con nosotros, quizá las más tristes de sus vidas, todo el mes de enero y, ya en febrero, un buen día, cuando aún no se habían acostumbrado al frío, llegaron por correo desde América los pasajes y los visados para viajar a Miami, donde podían comenzar una nueva vida.

Se fueron a Estados Unidos con una maleta más de equipaje, donde guardaron sus vestidos de algodón y esos papeles ingratos que habían llenado su existencia de desdicha. Mi padre le dio a él un abrigo y varios jerséis, y mi abuela les compró a ella y a su hija ropa de abrigo para que no se murieran de frío en la espera de la otra tierra nueva.

«Y Fidel le contestó: Los curas yo te los mando» ...

«Y Fidel le contestó: Los curas yo te los mando» ...

Días después de su marcha, cuando mi familia ya se había repuesto un poco de aquellas tres heridas, mi abuela sacó el álbum de fotos y nos mostró las imágenes de una próspera familia. En una ciudad colonial, quizá La Habana, y frente a una casa señorial, un hombre mayor, su hija, su yerno y un bebé recién nacido, ataviados de hermosas ropas, blancas muy blancas, de seda y algodón, posaban al lado de un gran coche de los años sesenta. Detrás de la fotografía, una dedicatoria decía:

«Queridos hermanos y sobrinos. Nosotros bien, gracias a Dios. Os llevamos siempre en el corazón. Desde esta tierra bendita, que tanta prosperidad y felicidad nos da, un beso y muchos recuerdos».

A mi abuela se le llenaron de lágrimas los ojos. Me señaló con el dedo a su hermano, el que se fue a hacer las Américas, y posó sus labios sobre la imagen de color sepia. Puso de nuevo la fotografía en el álbum, mientras yo recordaba esa canción que en el patio del colegio cantaban las chicas de COU:

«Fidel, Fidel, al que asome la cabeza, duro con él» ...

«Fidel, Fidel, al que asome la cabeza, duro con él» ...

Cinco amigas

Anoche soñé que salíamos otra vez las cinco. Habíamos quedado, como siempre, en una de las esquinas de la Plaza Nueva, en las ventanas donde nos apoyábamos los sábados y domingos con nuestros pantalones vaqueros de etiqueta roja. ¿Cómo se llamaba ese Banco? Creo que era el de Bilbao.

—Laura, ¿quedamos a las siete, donde siempre? Vale, pues tú llama a Carmen y ella a Alicia, y Ali a Inés.

Con el teléfono, éramos una maquinaria perfectamente engranada, que no se paraba nunca, de una llamada cada amiga para quedar las cinco, vigilada por las madres que eran auténticos cronómetros de tres minutos cuando no había móviles, ni tarifas planas, ni watshapp, tan solo un teléfono amarrado a la pared del pasillo o a la mesa del salón.

—Corta ya, que tenéis toda la tarde para hablar. ¿Pues no vais a quedar luego? —decía la mía.

Soñé con ellas y cuando desperté quería volver a ese lugar y a ese tiempo, a mi adolescencia.

Inés con sus ojos marrones almendrados y esa seguridad que yo tanto admiraba. Laura, con su cara pecotosa, siempre risueña, que contagiaba alegría. Carmen, con esos dulces ojos verdes que penetraban en el corazón. Alicia, con su larga melena castaña, sus ojos de color miel y sus ansias de libertad.

Yo siempre llegaba un poco tarde, pero allí estaban ellas, esperándome. Me gustaba mucho observarlas, desde que pasaba el arco hacia la plaza, ver cómo se movían, intuir sus conversaciones y, conforme me iba acercando, escuchar sus risas y sentir que formaba parte de sus vidas. Las veía tan hermosas... Las cinco con tantas ganas de vivir, de amar y de que nos pasaran cosas extraordinarias.

Yo no sé, tantos años después, si me recuerdan con el mismo cariño. La vida me llevó a alejarme de ellas. Los estudios nos distanciaron a los 18 años, cuando más nos necesitábamos. Cada una buscó su lugar en un mundo, tan diferente al que habíamos soñado y tan poco dado a los halagos.

Inés, unos meses mayor, la más realista y serena. Parecía tenerlo todo muy claro. Sencilla, sincera y directa. Muy pronto supo qué tenía que esperar de la vida: un buen amor, un hijo, un hogar ¿Nada más? Suficiente, porque la felicidad no está en las grandes metas que no se alcanzan nunca, sino en las alegrías del día a día.

Tendríamos 15 años y un chico le dijo en la plaza de toros, viendo las vaquillas:

—¡Eres más guapa que la María José Cantudo!

No le hizo ni caso y continuó con la mirada al frente. Entonces, me fijé en toda la belleza de mi amiga, y aún hoy la recuerdo como esa mañana, mirando su perfil.

Laura era una niña grande, con todo el atractivo de su ingenuidad, que no partía de sus gestos sino de su alma. Cuando nos montábamos en el tren chispita para ver a los jóvenes payasos, los escobazos y los globos siempre iban a parar a ella.

—Pero, ¿por qué siempre se meten conmigo? —me preguntaba divertida—.

Yo miraba sus grandes ojos verdes, su carita redonda llena de pecas y pensaba que era la muchacha más encantadora de toda la feria.

Me gustaba pasar tiempo con Laura, mi amiga—niña. Buscaba en ella mi infancia perdida. Siempre recordaré su mirada, sus niquis de *Lacoste* y sus relucientes zapatos castellanos.

De Carmen recuerdo, además de sus dulces ojos y de su 10 en matemáticas de sexto, los rumores de los chicos a su paso. Me gustaban los ojos verdes de Carmen y esa peca que asomaba en su frente.

Me acuerdo de su primer desamor y de cómo velé a su lado esas horas color grana. La quería mucho. Éramos vecinas y amigas, pero se cambió de casa a los 16 años y ya no íbamos juntas al colegio ni me esperaba a la salida. Eran otras chicas las que compartían su día a día. Yo estaba celosa y quería decirle que la echaba de menos, pero no lo hice. Nunca le dije «te quiero». Dos años después, yo también me cambié de casa y de ciudad. Cierro los ojos y la imagino caminando junto a mí, como cuando teníamos 14 y 15 años, y el mundo era nuestro.

—Carmen, ¡te quiero! y debería habértelo dicho hace muchos años.

Alicia tenía prisa, mucha prisa. Quizá porque era la más inteligente y decidida de las cinco. También, la más libre. Quería sentir todas las emociones que entonces les estaban vedadas a las chicas de nuestra edad. Intuía que la vida era algo más, mucho más que nuestra anodina existencia de adolescentes.

De Alicia aprendimos muchas cosas, que los niños no vienen de París, y que el amor que llama a tu puerta es siempre el que menos esperas y el que menos te conviene. Lo supimos cuando se casó de corto, con un vestido rosa salpicado de estúpidos prejuicios, en una iglesia del barrio pobre de la ciudad, cuando a ella la habían bautizado en la zona noble.

—¿Vendréis a mi boda? —nos preguntó—. No iré de blanco ni habrá banquete, pero me caso con la persona a la que amo.

Asistí a esa boda y a la merienda que improvisamos en una cochera. Estaba más guapa que nunca, pero era aún tan joven...

Un día, sus ojos perdieron ese brillo de luchadora que tanto me gustaba. Peleó por un gran amor, aunque fuera el equivocado. Me pena no haber pasado más horas junto a ella, aunque estoy segura de que siempre supo que la adoraba.

Y yo, la de en medio, menor que Inés y Laura, mayor que Carmen y Alicia; la que en sus cumpleaños pedía libros en lugar de ropa, con la confianza de que un verso podía cambiar al hombre y una novela abrir los ojos de una adolescente al mundo. Esa chica, la del sombrero rojo, que quería ser actriz y escritora, que veía el amor en Bécquer y en Serrat al hombre ideal, que creía en el poder de la palabra y que se veía como una escritora bohemia en una casa sin las camas hechas y con vistas al mar.

¡Qué ilusa! Espero que no creyesen que mis sueños nada tenían que ver con sus vidas, que me sentía importante porque me sabía de memoria un puñado de versos de Machado.

Las quiero a todas ellas, a las que están y a las que se marcharon. Las recuerdo y sueño con ellas.

Cuento de Navidad

Nunca olvidaré mi primer cuento de Navidad para *La Voz de la Ribera* ni mi primera crónica de fútbol para la radio. Hay primeras veces en esto de la escritura y del periodismo que se recuerdan siempre.

Publicar mi primer cuento a los 14 años en el periódico de mi ciudad, un semanario que estaba en todos los hogares, me hizo la persona más feliz del mundo. A este le siguieron otros tres, uno cada año y siempre en esas fechas, hasta que me marché fuera a estudiar.

La Navidad en el corazón de un niño se titulaba el primero y lo llevé personalmente a la redacción, que estaba en el mismo local que la imprenta, con la ilusión de que lo publicaran.

Una tarde, después de salir del colegio, me fui hacia allí.

—Espérame, no tengas tanta prisa —me dijo Carmen cuando me vio quitarme la bata y coger corriendo el abrigo.

Siempre volvíamos juntas a casa después de las clases, sin prisa, parándonos por todo y riéndonos mucho. Pero no podía ir con ella. Tenía que llevar mi cuento esa tarde y lo quería hacer sola.

—Hoy no voy a casa, Carmen —le dije muy seria. La debí asustar porque continuó preguntando.

—¿No puedo acompañarte? ¿Has quedado con alguien? —me insistió muy sorprendida.

—No. No es eso —le contesté.

—¿Estás enferma? ¿Vas al médico? —mi amiga me pedía una respuesta.

Iba a decirle que sí, que iba al médico, pero no me pareció bien preocuparla.

—Ya te contaré en unos días. Es un secreto. No me preguntes más —le pedí mientras acercaba a mi pecho la carpeta con los folios de mi cuento.

La dejé aún más intrigada, pero di por finalizada la conversación.

No le dije a nadie mis intenciones, ni a mi familia ni a mis amigas, por si acaso mi cuento no era lo suficientemente bueno para su publicación.

Verlo a los pocos días impreso, un 23 de diciembre, víspera de Nochebuena, fue una de las grandes alegrías de mi vida.

Había salido con mi madre muy temprano a hacer recados y paramos a comprar *La Voz de la Ribera.*

—Mira mamá, han publicado un cuento mío —le dije. Mi madre abrió mucho los ojos, sonrió y me dio un beso.

—¿Por qué no nos lo habías dicho? ¡Qué ilusión!

Mis padres sabían que escribía, sobre todo poesía, que escribía hasta en el baño y que apuntaba versos en las servilletas de las cafeterías, y que muchas tardes bajaba a casa de mis abuelos para pasar a máquina mis textos. Pero aquello no se lo esperaban. No tan pronto.

Nada más llegar a casa, mi madre se lo dijo a mi padre y a mis abuelos.

Lo leyeron y les gustó mucho. Tanto es así que mi abuelo salió por la tarde, sin decir tampoco nada a nadie, y volvió con un buen número de ejemplares.

—Pero abuelo, que has agotado la edición tú solo y lo tienen que leer los ciudadanos —le dije riéndome.

—He comprado ejemplares para toda la familia, para tus tíos de Barcelona, para los de Pamplona, para la monja, para el cura... para todos —me contestó emocionado.

Por la noche llamó la madre de mi amiga Inés para felicitarme. Me imagino que habría más comentarios, pero yo recuerdo especialmente las reacciones de mi madre, de mi abuelo, de la madre de mi amiga y la de mi padre, releyendo el cuento una y otra vez.

—Muy bien, hija mía. Me ha gustado mucho y no le falta ningún detalle.

Me dio muchas alegrías ese primer cuento. Especialmente por sentir el orgullo de mi padre al leer algo que yo había escrito y que se había publicado. Volví a ver ese mismo semblante cuando leyó mi primera entrevista a un célebre futbolista y cuando enmarcó una fotografía en la que yo estaba entrevistando a un Premio Nobel de Literatura. Se la enseñaba a todo aquel que venía a casa.

Después de estos primeros cuentos, el periodismo le ganó la batalla a la literatura. Lástima que tardara veinte años más en publicar mi primera novela, porque ya no la pudo leer mi padre.

Las lágrimas con sabor a anchoa de Beatriz

Beatriz era especial, también su madre. No era como las nuestras, no. No iba por casa con la bata acolchada, sino con saltos de cama de raso. Y tenía un cuarto para ella sola, una habitación que a nosotras nos parecía mágica, con un tocador de luces y muchos potingues para la cara y el cuerpo.

Me encantaba ir después del colegio con Carmen a casa de Beatriz, porque por las tardes su madre raramente estaba en casa. Lo que más nos gustaba era jugar en esa habitación, con sus pelucas y con sus vestidos largos, algo que estaba terminantemente prohibido, pero que era muy emocionante.

Su marido era mucho mayor que ella, pero muy apuesto, siempre con sus trajes impecables y sus abrigos oscuros con las solapas levantadas, y muy pocas veces los veíamos juntos. Yo intuía que esa bella mujer tenía, no solo un cuarto propio, sino también una vida propia, sin ser únicamente la esposa de; que podía ir a una cafetería o al cine sola, e incluso viajar sin compañía, algo impensable en nuestras madres.

Beatriz era especial, porque su familia lo era, sus fantasías lo eran.

Cuando en octavo se enamoró de nuestra profesora de Literatura, yo la entendí, porque era la única que nos hablaba como a personas, que se aprendía nuestros nombres de pila, que nos preguntaba en clase cosas lógicas que no debíamos aprender de memoria para después recitar como papagayos.

Éramos unas niñas, apenas adolescentes, pero ya queríamos entender la vida y atraparla con nuestras manos; y nos pasábamos horas y horas hablando del mundo, de éste y del otro, del que veíamos y del que intuíamos.

Beatriz nos confesó su amor mientras abría una lata de anchoas para merendar y las lágrimas rodaban por sus mejillas. En mi casa no solíamos comprar anchoas, es más creo que nunca las había probado en conserva, por eso pensé que mi bocadillo estaba tan salado, porque me estaba comiendo las lágrimas de mi amiga. Desde entonces, las anchoas me saben a Beatriz.

Elena, nuestra profesora de literatura era la única que nos entendía, la que contestaba en las tutorías una por una todas nuestras preguntas sobre el amor y el sexo.

Por ello, dos seres especiales se encontraron una tarde de invierno, cuando con palabras precisas, quien nos había pedido que leyéramos *El Quijote* y los versos de Jorge Manrique, nos reveló que no, que amar a una persona del mismo sexo no era pecado, que no era lo habitual, que no estaba bien visto por la sociedad, pero que nunca podría ser pecado.

A los pocos días, nuestra profesora de literatura se encontró una carta de amor anónima atrapada en el limpiaparabrisas de su coche rojo. No dijo nada, pero a esta le sucedió otra y otra, llamadas a casa, y ya empezó a preocuparse un poco.

Hubo un gran revuelo en el colegio. La directora nos obligó a todas a escribir un dictado y a firmarlo en un folio en blanco. Carmen y yo sabíamos por qué.

Desde ese día, ya no esperábamos a Beatriz cuando terminaban las clases. Venía su madre a buscarla, conduciendo un coche mini blanco, tan coqueto como ella.

Luego supimos que querían curar su amor con un psicólogo.

La tele en color

Dicen que España era, hasta bien entrados los setenta, un país en blanco y negro, y lo cierto es que tampoco yo le pongo colores a mi infancia, a pesar de que está llena de multitud de olores y de bandas sonoras. Quizá porque las fotografías y la televisión eran en blanco y negro, sobre todo la televisión.

Cuando mis padres compraron nuestra primera televisión en color, en la Navidad de 1978, es como si los amarillos, los rojos, los azules... hubieran entrado en nuestro hogar. Llegó aquella mañana de Nochebuena tras meses de lista de espera en la tienda de electrodomésticos de unos amigos de mis padres, que nos colaron en la lista de pedidos.

Sonó el timbre y al abrir la puerta:

—Mamá vienen con la tele —grité emocionada.

—¡Qué sorpresa! No la esperábamos ya hasta después de Navidad —dijo mi madre.

Aquel año cenamos en casa con los abuelos y un tío que aún estaba soltero, y el centro de atención fue aquella tele en color, que causó, imagino, la misma expectación que la primera tele en blanco y negro que hubo en casa y que, por lo que me contaron mis padres, fue también una de las primeras que llegó a la ciudad y que pagaron a plazos durante años.

Por la tarde, antes de cenar, TVE echó un programa especial, protagonizado por una jovencísima María Kosty, con sus labios rojos y su pelo rubio. No sé cómo era exactamente el argumento, solo recuerdo que una muchacha estaba muy sola y triste, y, al final, el muñeco de nieve que había hecho se convertía en un apuesto joven, y ella cantaba y bailaba de alegría. Era una historia bonita y esperanzadora, llena de luz y de rojos, que en nuestra tele en color aún se lucían más, una mezcla entre los cuentos de los hermanos Grimm y las galas de *Sábado Noche*.

—¡Qué suerte hemos tenido de que llegara hoy!, con la programación tan especial que ponen estos días —afirmaba mi madre.

Y así pasamos la tarde y buena parte de la noche, pegados al televisor. Fue nuestro gran regalo de Navidad, el de toda la familia, el mejor junto a la bicicleta que nos echaron los Reyes hacía ya años, una BH plegable para poder meterla en el ascensor —vivíamos en un séptimo piso— y que, para no reñir, mi hermano disfrutaba los días impares y yo los pares. Luego, si queríamos un día que no nos tocaba, había que negociar.

No sé si fue esa Navidad cuando ya me dejaron ver las películas de dos rombos, creo que no; y yo no sé si esta tenía uno o dos, lo cierto es que me colé en el salón para ver durante esas vacaciones la película *Cuando ruge la marabunta* con un rubio Charlton Heston y una pelirroja Eleanor Parker.

Por eso me hizo tanta ilusión entrevistar años después a Charlton Heston, porque lo vi a todo color una Navidad, a él y a su enorme hacienda, a su esposa por poderes y a una legión de hormigas asesinas. Esa entrevista la guardo en mi corazón de periodista, ese del que Dios debió olvidarse.

A partir de aquel año, 1978, la vida ya la recuerdo a color.

España comenzó a ser más alegre, más vistosa. ¿Fue nuestra tele o que ese mismo mes se votó y aprobó la Constitución?

Nuestra televisión en color era pura magia y nos enseñaba cómo los teleñecos también hablaban español. Aquella Nochevieja bailamos al ritmo de Tequila, unos chicos muy modernos con pantalones ajustados que se habían colado en el especial para cantar un rock en la plaza del pueblo en un programa presentado por un entrañable y famoso Kiko Ledgard.

—¡Por Dios, qué pintas! —exclamaba mi abuela—. No los hay más larguiruchos ni peor trazados. Se podían haber arreglado para salir en la tele.

Carrillo y La Pasionaria, que también salían por la tele, en los informativos, ya no eran demonios sino personas.

Nuestra tele en color hacía milagros.

San Leonardo de Yagüe

San Leonardo de Yagüe fue, durante mi niñez y adolescencia, mi refugio, el lugar al que quería volver cuando la vida no se portaba bien. Allí me eché mi primer novio platónico, una amiga solo para mí, y le di la primera calada a un cigarro.

En San leonardo de Yagüe me sentí libre por primera vez.

A mis abuelos y a mis padres les gustaba mucho veranear en este pueblo de Soria porque está rodeado de pinos y así pasábamos mejor el invierno, con menos catarros y bronquitis.

—¿Este año, qué nos toca: mar o pinos? —preguntaba mi padre cuando pasaba la Semana Santa.

La otra alternativa era la playa de San Juan de Alicante, que también me gustaba, pero San Leonardo de Yagüe era especial.

Viajábamos a esta villa de una sierra llena de pinos en tren, con transbordos en Castejón y Soria, los cuatro más la bicicleta BH, que llevaba mi hermano del manillar, sin sentarse, y a la que cargábamos como una mula.

Las maletas, bien provistas de novelas y tebeos, y entonces no llevaban ruedas, y no podía faltar el radio-cassett philips con las cintas que grababa mi padre con sus discos preferidos, y que solía llevar yo.

—Pero, bueno, todos estos libros te vas a leer, si ya no queda sitio en la maleta —protestaba mi madre.

Y mi padre sacaba un par que luego volvía a meter entre los pijamas cuando se descuidaba mi madre.

Me encantaban los viajes de verano con mis padres y mi hermano. Otros recuerdan el seiscientos hasta arriba, con la abuela y el loro, pero los míos están llenos de estaciones de tren, salas de espera, cantinas, botijos y fuentes de agua fresca. Mi padre, que trabajaba en Renfe, se conocía a los jefes de Estación de media España, y ya solo el viaje era toda una aventura. Los cuatro juntos, con nuestros kilométricos, en compartimentos con butacas tapizadas y suelo alfombrado, de aquellos bellísimos trenes con puertas de madera.

No había lugar de España que se nos resistiese, en un país entonces lleno de estaciones grandes y pequeñas, aunque tuviésemos que hacer uno, dos o hasta tres transbordos.

—¿Adónde queréis ir este puente, a San Sebastián o a Barcelona? —nos preguntaba mi padre y en un abrir y cerrar de ojos nos organizaba el viaje.

Y excursiones de día a Tarazona, Zaragoza, Pamplona... para ver a la familia. La cuestión era viajar, moverse.

Generalmente, un verano sí, otro no, nos esperaba San Leonardo de Yagüe, un pueblo que en los años setenta era precioso, sin apenas coches, sin prisas, con gente muy buena, con olor a naturaleza, con sus excursiones a las fuentes durante el día, y las visitas de la chavalería al Castillo por la noche.

Nos alojábamos en casa de la señora Paz, una mujer viuda de edad madura, muy oronda y tan tranquila como su nombre. Alquilábamos una planta de las tres que tenía la casa —con varias habitaciones y un baño— y con derecho a cocina, que estaba en la parte de abajo.

Conocí a Merche porque su madre era amiga de la señora Paz y le hacía muchos recados, dada sus dificultades de movilidad. En verano prácticamente vivía con ella y dormía en su habitación, en una pequeña cama que colocaba junto a la suya.

Era una casa como de película, con grandes habitaciones de techos muy altos, colchones de lana y suelos de madera, color madera, desgastados muy caminados y vividos, nada de esos parqués de los pisos que se llevaban entonces color caoba o nogal, llenos de brillo y barnices.

La casa estaba en la esquina de un solar, con una gran terraza con mesas y sillas de piedra en las que pasábamos muchas horas y compartíamos tertulias con otros inquilinos. Varios años coincidimos con una familia de San Sebastián que llegaba el 1 de julio y se marchaba el 31 de agosto, y el marido iba y venía cuando le dejaba su trabajo. Tenían dos hijos de nuestra edad, que se llamaban Juan y Pedro, y este último tenía asma.

—San Leonardo —decía su amatxu— le da la vida. Qué clima tan maravilloso tiene para él. No le va nada bien la humedad.

Aquellos veranos en San Leonardo, también me daban a mí vida, alas.

El día lo teníamos ocupado con nuestros largos paseos en familia a las fuentes, en busca de la gran masa de pinos, sobre todo a la de *Las Gitanas*. Muchos días venía con nosotros Merche.

—Aquí los días tienen más horas —decía mi padre, que era el que más disfrutaba de la naturaleza, con su música y sus libros.

El paraje tan hermoso que formaban los pinos en aquel lugar, se veía enriquecido por un pequeño riachuelo de agua muy fría y clara que cruzábamos una y otra vez por un pequeño puente de madera. Nos pasábamos horas junto a él viendo sus aguas y sus pececillos pasar.

—¡Mira, una libélula! —dijo un día mi hermano.

Yo no sabía qué era una libélula y me pareció una criatura fascinante y multicolor. Desde entonces, siempre que veo una libélula me acuerdo de ese momento.

Muchos días comíamos allí, bajo los pinos, nuestra tortilla de patatas y carne empanada, o nuestra ensalada y bocadillo.

Algunos días madrugaba mucho y acompañaba a Merche a la vaquería a por la leche del día. Me encantaba ver cómo ordeñaban las vacas, hasta que una dio un paso atrás, me rozó con la cola y, al apartarme, me caí sentada al suelo mullido, lleno de paja y excrementos.

Me levanté como un rayo. Tenía tanta vergüenza que dejé a mi amiga con las dos lecheras de aluminio y me fui corriendo a casa, como una exhalación.

Cuando me vieron llegar, mi madre se echó las manos a la cabeza, me desvistió, tapándose con una mano la nariz y conteniéndose las ganas de vomitar, y me metió en la bañera. Una hora estuve allí sumergida en agua caliente, con una pasada de jabón tras otra, desde los pies a la cabeza. A mí el olor a caca de vaca se me incrustó en la nariz y aún tardó unos días en irse de mi cuerpo.

La señora Paz se fue lo más ligera que pudo también al baño, se había meado de la risa.

En San Leonardo de Yagüe aprendí a montar bien en bici, en la bicicleta que nos habían echado los reyes, aunque aquello era más bien bici—cross. Y aprendí a fumar tragándome el humo, bueno, lo intenté. Le di mi primera calada a un cigarro en el Paseo y me tuve que sentar en un banco del mareo que me entró. Tardaría algunos años más en volverlo a hacer.

En la pandilla de Merche había chicos y chicas de diversas edades. Yo era de las pequeñas y me gustaba mucho un chico que se llamaba Toño, alto y espigado, de ojos verdes.

Yo también le debí gustar, quizá por ser la forastera, pero no nos dijimos nada en los primeros veranos. Fue por correo postal, cuando yo tenía 14 años, cuando me dijo que le gustaba mucho y que estaba desando que llegara el verano. Nos hicimos novios por carta.

Pero mis padres decidieron ir a la playa ese mes de agosto, así que no lo volví a ver hasta el verano siguiente. Nos escribimos muchas veces, y yo soñaba con volver a San Leonardo para verlo y para estar con Merche.

Llegó el verano de mis 15 años, pero habían cambiado muchas cosas en San Leonardo. La señora Paz había muerto y nos alojamos en otra casa que no tenía ni la magia ni el sabor de aquella. Era una casa adosada, nueva y moderna.

Toño también había cambiado. Tenía 18 años y ya no era el niño que tanto me gustaba. Había ganado corpulencia y, aunque reconocí en él los ojos de mi amor platónico, cuando me pidió salir, me asusté.

—Si quieres podemos salir juntos los días que estés en San Leonardo —me dijo.

Yo iba con Merche y las dos nos miramos atónitas. ¿Qué será eso de salir con él?, pensé muy rápido, ¿salir solos?, ¿sin la pandilla?

No —le contesté—. Yo aún soy muy joven y mis padres no me dejan —fue lo primero que se me ocurrió.

En San Leonardo de Yagüe todos habían crecido demasiado deprisa, pensaba, y yo me sentía aún una cría. Fue un verano raro, porque algunos ya tenían coche y después de cenar se iban a las fiestas de los pueblos de alrededor. Por supuesto, mis padres no me dejaron ir a ninguna.

Tampoco me importó demasiado. Por el día tenía a Merche, y por las noches, después de cenar, cuando refrescaba, me quedaba en el salón de aquella casa nueva con mis padres y hermano jugando a las cartas y escuchando música.

Algunas veces, mis padres bailaban las canciones de Luis Mariano, que mi padre había grabado en el cassette. Me sabía sus letras de memoria. *El relicario, Bésame mucho, Dos cruces* ...

Viendo a mis padres bailar, yo sentía que el amor tan temprano que acababa de dejar pasar no era el mío, mientras Luis Mariano cantaba:

«Que será, será» ...

Mi novio futbolista y mi amigo árbitro

Tampoco olvidaré nunca mi primera crónica deportiva para la radio. A los 18 años narré mi primer partido de fútbol. Estudiaba primero de periodismo, mi novio era futbolista y mi mejor amigo, árbitro.

No quiero saber qué opinaron los aficionados al fútbol cuando la oyeron; eso sí, les encantó a mi madre y a las amigas de mi madre. Había demasiada literatura en esa crónica, que yo había contado como si de un relato se tratase.

Para hacerlo bien, tuve que aprender cosas como:

—Ha sido un partido de poder a poder...

—El gol se metió tras un toma y daca...

En fin, frases hechas que le restasen un poco de poesía a mis elaborados textos. Pero, lo más importante, es que los fines de semana podía ver a mi novio, que me ayudaba a redactar las crónicas y me quitaba esas metáforas y adjetivos.

El juego discurría tan rápido que por las justas veía quién había metido el gol, pero ya contar al pase de quién o cómo, me parecía más difícil que traducir del latín *La conjuración de Catilina.*

También mi amigo árbitro era una fuente inagotable de anécdotas que conté años después en un reportaje titulado: *Salir a pitar, salir pitando.*

—A mi casa tenías de venir a almorzar, hostias te había de dar...

—Árbitro, corre más, mira que te doy con la azada...

—¿Eso te han dicho? —le preguntaba yo—. Deja de arbitrar que algún día te van a dar una paliza.

—Más de una vez he salido escoltado por la Guardia Civil —me contaba divertido.

Los de la radio, me veían tanto por el campo de fútbol, por mi novio o por mi amigo, que cuando al muchacho que hacía las reseñas de ese equipo lo nombraron entrenador, me encargaron mi primera crónica deportiva.

Me pagaban 500 pesetas por cada partido jugado en casa y 1.000 si había que desplazarse. Esa misma tarde o noche tenía que ir al estudio de la radio y locutarlo.

Estudiaba fuera de lunes a viernes y ese dinero me venía genial entre semana, para tomar un café y un pincho de tortilla en el bar de la Facultad, porque nunca desayunaba en la residencia. Las monjas mezclaban el café con la leche, y yo odiaba la leche...

Lo peor vino cuando mi novio fichó por otro equipo mejor y ya no coincidíamos en el campo de fútbol ni en los viajes. A mí no me ascendieron, pero seguí haciendo las crónicas durante varias temporadas, hasta tercero de carrera, aun sabiendo que ni en esa radio ni en mi ciudad iba a estar mi futuro.

La vida se nos quiso llevar por delante

Anacris no era de nuestra pandilla, pero en el colegio siempre iba con nosotras. Era preciosa. Tenía los ojos claros, el pelo muy liso y rubio, la piel dorada y tocaba el piano. Vivía en un chalet que tenía una piscina con el agua tan azul como su mirada. Entonces yo pensaba que era muy afortunada y quería ser como ella.

Sacaba muy buenas notas y algunos días quedábamos a estudiar para los exámenes finales en su casa. Nos bañábamos en la piscina entre tema y tema, y merendábamos en el jardín.

En el salón, amueblado como en las películas, había un gran piano.

—Toca algo —le pedía— y ella se sentaba al piano con los pies descalzos y comenzaba a sonar una melodía, tan hermosa como ella. Me parecía una princesa.

Luego, volvía a mi piso de noventa metros cuadrados en un séptimo y le hablaba a mi madre de ese jardín con bancos de madera y forja, de ese hermoso piano de cola, y de ese chalet de cine. Pensaba que Anacris no podía ser más feliz, porque lo tenía todo; todo lo que cabía en una casa, pero no en su alma.

—Anacris, me voy, que ya no me entra una frase más en la cabeza— le decía yo.

—Lección dormida, lección aprendida —me contestaba ella—. Yo aún me quedaré un poco más estudiando.

Años más tarde, cuando yo estaba en la Universidad y soñaba con ser periodista y escritora, Anacris se suicidó. Ella pensaba que no tenía nada, que no era nada. Puso fin a su vida, porque no quería seguir torturando a su familia. Entonces, yo la imaginaba desplomándose con su melena rubia, cayendo hacia atrás como a cámara lenta, al tiempo que sonaban unas notas de Wagner, tan intempestivas como tormentosos habían sido sus últimos años de vida.

He pensado mucho en ese momento y la veo descalza, vestida con unos vaqueros desgastados y una camiseta blanca, momentos antes de tomar aquella decisión.

Nunca supimos por qué Anacris, que aparentemente lo tenía todo, que era a los 14 años la más bonita, sensible e ingenua de la clase, encaminó tan mal sus pasos por la vida; por qué no encontró una salida y prefirió morir antes de seguir enganchada por más tiempo a una existencia de adicciones, condenada a una vida que no era vida.

Se deshizo de ese cuerpo, que nosotras veíamos tan hermoso, porque le pesaba como un inútil fardo, y liberó su alma.

Recuerdo aquel piano del salón y lo imagino desolado, huérfano, añorando esas manos que daban sentido a su existencia y que le hacían vivir.

Yo sigo preguntándome por qué se dio por vencida, por qué no buscó ayuda, y me resisto a pensar que su cuerpo solo era un guiñapo, cuando yo la recuerdo con un pelo y unos ojos, sobre todo sus ojos azules, llenos de vida.

Hay destinos y muertes que no se entienden. Vidas que se tuercen, corazones que caminan solos, almas atormentadas, personas que nunca logran la serenidad y el equilibrio tan necesarios para seguir adelante. Los sueños de Anacris debían ser tan inalcanzables que se vio superada por ellos.

—La vida dejó de ser muy pronto un juego. Inés, Laura, Carmen, Alicia, Beatriz, Merche, Anacris... La vida iba en serio y nos arrolló, se nos quiso llevar por delante. No pudo, no al menos en mi recuerdo y en mis palabras, retazos de literatura y vida.

Que la vida iba en serio
uno lo empieza a comprender más tarde
—como todos los jóvenes, yo vine
a llevarme la vida por delante.
Dejar huella quería
y marcharme entre aplausos
—envejecer, morir, eran tan solo
las dimensiones del teatro.
Pero ha pasado el tiempo
y la verdad desagradable asoma:
envejecer, morir,
es el único argumento de la obra.

JAIME GIL DE BIEDMA
«No volveré a ser joven», de *Poemas póstumos*

Índice

PRIMERA PARTE
EL ALMACÉN DE LAS VIDAS ROBADAS
PILAR AGUARÓN EZPELETA

Mi hermana Inés 15
La sombra que da el olivo 23
El cinco rosas 31
¡Mondo Cane! 35
El almacén de las vidas robadas 37
El resto de mi vida 43

SEGUNDA PARTE
AL OTRO LADO DE LA FRONTERA
MARTA NAVARRO GARCÍA

La caja de Lua 57
Buscando a Seán 63
Mary y yo (o cómo dejé de ser muda) 67
Tarde de perros 69
No mires a los ojos de la gente 75
Frontera 81
Una taza de té para tía Bridget 85

TERCERA PARTE

RETAZOS DE LITERATURA Y VIDA

ANA RIOJA JIMÉNEZ

El tobogán de madera 95
La llamada de la radio 99
Fidel, Fidel... 103
Cinco amigas 107
Cuento de Navidad 111
Las lágrimas con sabor a anchoa de Beatriz 115
La tele en color 119
San Leonardo de Yagüe 123
Mi novio futbolista y mi amigo árbitro 129
La vida se nos quiso llevar por delante 131

Esta obra
se acabó de imprimir
bajo los auspicios de
Charo Fierro y
Antonio J. Huerga, editores.

FINIS CORONAT OPUS